凌翔　主编　　　　　　　　　　　当代作家精品·散文卷

愿以温柔度余生

黄祥礼　著

北京出版集团
北京出版社

图书在版编目（CIP）数据

愿以温柔度余生 / 黄祥礼著；凌翔主编 . — 北京 ：
北京出版社，2023.3
　　（当代作家精品．散文卷）
　　ISBN 978-7-200-17845-6

　　Ⅰ . ①愿… Ⅱ . ①黄… ②凌… Ⅲ . ①散文集—中国
—当代 Ⅳ . ① I267

中国国家版本馆 CIP 数据核字（2023）第 029878 号

当代作家精品·散文卷

愿以温柔度余生
YUAN YI WENROU DU YUSHENG

黄祥礼　著

凌翔　主编

出　　版　北京出版集团
　　　　　北京出版社
地　　址　北京北三环中路 6 号
邮　　编　100120
网　　址　www.bph.com.cn
发　　行　北京出版集团
印　　刷　三河市中晟雅豪印务有限公司
经　　销　新华书店
开　　本　710 毫米 ×1000 毫米　1/16
印　　张　13
字　　数　180 千字
版　　次　2023 年 3 月第 1 版
印　　次　2023 年 3 月第 1 次印刷
书　　号　ISBN 978-7-200-17845-6
定　　价　59.80 元

如有印装质量问题，由本社负责调换
质量监督电话　010-58572393

目　录

第四辑　成长的歌

第一辑　遥望故乡

消失的猫头鹰

小时候，在故乡，我常常可以看见猫头鹰。

老屋背后是一座山，山上有很多树木，其中半山脊有棵香樟树，它粗如井口，需三人合抱。树干笔直生长，高耸入云。树顶长出枝枝杈杈，枝杈长满绿叶，树冠枝繁叶茂如一把撑开的巨伞亭亭如盖。这棵香樟树成了小鸟的天堂。有布谷鸟、鹧鸪、长尾雀、老鹰、猫头鹰……它们在这里栖息、筑窝、下蛋、孵小鸟。

那时候的我很顽皮，总喜欢跟小伙伴们去香樟树下玩。我们站在香樟树下伸长脖子，仰头想看树上的鸟，只见树叶密密麻麻像一道屏障，偶尔见到一道影子"嗖"地掠过，不见飞鸟，只见树叶晃动。阳光透过树叶的缝隙直照下来，光亮如银，风一吹过就晃了我们的眼。我们也会趁大人午休时，跑到香樟树下探险——捅马蜂窝，水浇蚂蚁，烟熏老鼠。最喜欢的还是爬进树洞追赶兔子，乐此不疲。运气好时，还能捡到小猫头鹰。

小猫头鹰是从树上掉下来的，可能是小猫头鹰太过调皮，不听妈妈的话擅自爬出窝掉下来的，也可能是小猫头鹰展翅欲飞，学未所成掉了下来。总之，每年三四月，香樟树上都会掉下小猫头鹰来。小猫头鹰的鹰嘴已经长成，可惜羽毛未丰，只能扑棱扑棱地在低矮的树枝上乱窜。我们用准备好的渔网猛地撒开，小猫头鹰就被网住了。我们把小猫头鹰抱回家养着，刚开始从地里挖蚯蚓喂养它们，后来又去田里捉青蛙。小猫头鹰长得很快，胃口越来越大，青蛙被我们捉得越来越少。田里的稻苗受了害，大人们自然要责罚我们了。只是当时我们年纪小，不懂大人种粮的艰辛，只想着不能让小猫头鹰饿着。

长大的猫头鹰是向往大自然的。自然不愿被我们囚于小谷仓、小阁楼、小笼子。它们一有机会就会冲出有限的空间，"嗖"地向天空飞去。

稻谷丰收的时节，人们把刚脱粒的稻谷堆放在祖屋的大厅里，村民人手不够无人看管，新鲜的稻谷很快就引来了老鼠前来偷吃。稻谷上面出现了老鼠屎，周围也都是被老鼠侵袭过的痕迹，邻里乡亲都没有养猫，面对猖狂的老鼠，大人们开始犯难。

一日，听大人们说谷堆里已经没有老鼠吃稻谷的痕迹了，大人们说是猫头鹰帮着抓了老鼠。我刚开始是不信的，趁大人们在打谷场上闲聊的时间，我拿着手电筒悄悄前去大厅看个究竟。祖屋大厅黑乎乎的，祠堂神龛里有两个绿绿的光点，黑暗里传来老鼠的吱吱声，又有老鼠爬行的窸窣声，然后又是"吱"的一声，两个绿点一闪而过，接着传来几声翅膀扇动的声音。我心想应该是猫头鹰抓住老鼠了，忙打开手电筒照射，只见猫头鹰双爪抓着一只老鼠，老鼠正使劲挣扎着。后来，人们终于放心地把稻谷放在大厅，晾干才收回谷仓。猫头鹰制止了老鼠的疯狂行为，为我们守了一夏的岗。

时光一晃过去多年，村里开始建设公路，公路通了，人们又开始建房子，先是松树、杉树被砍伐，然后是榛子树，最后只剩几棵泡桐。而香樟树在一个雷电的夜里被雷劈中倒了。人们争先恐后把香樟木锯成小段拿回家，香樟树也消失了。春天，鸟儿们飞回来，看到没有栖息的地方又飞走了。猫头鹰也已经很久没回来了。此后，在故乡，我再也没有见过猫头鹰的身影了。

我最近一次看到猫头鹰是在去年8月，那是在外地。我和朋友参加一个户外活动，来到一片比较原始的森林。大家夜宿在林子里，深夜的时候，我们在林子里点起篝火取暖，四周寂静，只有火苗烈烈燃烧的声音。远处的树梢有几个绿绿的光点，朋友说那是猫头鹰。我打开照明灯往树梢照去，果然，不远处树梢上蹲着几只猫头鹰，我们的灯照过去它们也不害怕，我们静静地看它们，它们也静静地看我们。

这样的场景，让我的心里掠过一丝悲凉的感觉。这让我到底想起我的故乡了。我记得，从前我的故乡也是有很多猫头鹰的，那时候的它们于我们就像朋友。可它们消失是哪年的事情呢？我不知道。我只觉得，时间已经很久远了。我多想有一天，它们还会回到我的故乡。

白鸟，可否再见到你

白鸟的出现，有些意外，却又让我的心里盛满欢喜。我已经很久没有见过它的身影了。当清晨的喇叭刚吹响，我推开家门的时候，它已经英姿飒爽地立在屋顶了。

激动的我为了更加细致地观察它，特地跑上楼顶。此时，我安静地看着它，它也安静地看着我。它那硕大的身躯，载满了白色的羽毛。长长的尾巴就像屋顶插上了一把长扫帚。因着它那一身白色的羽毛，远远地看它的整个身形，有如天上弹着的棉花，不知何时掉落在了屋顶。它是那样的自由自在，看见我时，它并未有一点怕生。站在屋顶上的它很像一个时尚模特，而屋顶很自然地成了它施展才华的舞台。只见它迈着轻盈的步伐，在支离破碎的屋顶上忘我地走着。突然，它停了下来，仿佛在观察观众的反应，虽然观众只有我一个人。

我记得上一次见到这样的鸟，还是在我 10 岁的时候。我与弟弟从山上砍柴回家，下山的时候，看见一只白鸟在山上优哉游哉地走着。扛着柴的我们，在白鸟的后面慢慢走着，生怕一不小心把它吓走。不过，没有想到的是，它一点也不怕我们。我们说话的声音，我们的脚步声，对于它来说好像都不存在。

那时候的故乡，鸟是很常见的。天上飞着的，地上慢悠悠地走着的，半空中盘旋着的，河边的桃树上、小溪边的竹林里、屋后的山上……哪里可以少得了那些鸟儿的歌唱、鸟儿的身影呢？记得我上学的时候，要经过一条弯弯曲曲的山路，山路的旁边有好几片茶树林。茶树林是鸟喜欢逗留的地方。无人走近的时候，那些鸟通常安静地待在属于它们的世界里。它们有的在树上唱歌，有的在树下找食物，有的站在树梢吃刚长出来的嫩芽。那些鸟儿要是发现旁边有人走过，会快速地飞走，那情形仿佛是在责怪过路的人扰了它们原有的清静。我在故乡还见过很多颜色各异的鸟。那些鸟，常常热热闹闹地聚在山上。山上那一棵棵高大雄伟的松树，是它们的安乐窝。

时光悄然地流逝着，却不知道，那些鸟是什么时候开始减少的。山上、河边、小溪旁……已经很少见到鸟儿的身影了。那些被鸟儿曾经光临、热闹过的地方，早已经变成一片片让人无法习惯的寂静。而最让我难忘的鸟，依旧是白鸟。它在我的心里，是集美丽、高贵、灵动于一体的精灵，更是这个世间最纯洁的鸟。

眼前的白鸟依旧在屋顶上逗留着。此刻它把目光落在了斜对面，好像是要找寻它的同伴。斜对面是屋后的山，虽然还有几棵大树，但常见的鸟儿早已经不在，更别说是白鸟的同伴了。白鸟好像有点不甘心，尝试着继续寻找着它的同伴。当它在屋顶站了好一会儿，仍未听见鸟的叫声的时候，它选择了去别的地方看看。只见它抖着长长的翅膀，很快就飞到另外一个屋顶上去了。那是一个已经坍塌了的废墟。废墟里有什么呢？一堵堵在时光中老去且已经塌了的墙，掉得七零八落的横梁，角落里肆意生长的杂草……白鸟很快就发现，这里依旧不是它的歇息处。此时，我看到白鸟，又抖了抖翅膀，飞起来了。它在屋顶上留恋地盘旋几圈，仿佛经过一番深思熟虑之后，飞走了。

看着白鸟消失的场景，我的心里掠过一丝难言的伤感。白鸟什么时候会再来呢？我不知道。也许，未来我还有机会在故乡见到它。只是，我希望再见到它的时候，它不用再飞走了。

被送走的小白

　　小白是我家的一只猫，因为全身上下长满白色的毛，于是我给它取了一个名字：小白。不记得小白是什么时候来到我家的，总之是很久以前了。

　　小白刚来的时候，被我养在笼子里，可它整日一副无精打采的样子，我看了心里有些难过。于是，我把小白从笼子里放出来。被放出来的小白，彻底解放了天性。好动的它上蹿下跳，对周围的一切充满了好奇。它常弓着腰，用绿幽幽的眼睛观察四周。有时房间的门没有关，它趁我不注意就大摇大摆地进来了。它喜欢跳到我的床上去，有时候也喜欢爬窗台，不过更多的时候喜欢蹲在窗台的小角落，望着窗外，好像在吹风。它过得很简单，很纯粹，也很快乐。它可以不需要人陪伴，常常自己就能玩得不亦乐乎。有时我把悠悠球挂在门口的花架上，它就自己玩那个球，悠悠球一来一回地弹，小白一来一回地跳，怡然自得。

小白很有灵性，家人当中，它最喜欢黏我。我在厨房做饭的时候，它会蹲坐在门口安静地看着我。我给花浇水的时候，它也会来凑热闹，当然也会捣乱。有时趁我不注意的时候，它把桌上的纸巾撕成碎片。我狠狠给它一个眼神，它会识趣地走开，那样子真有点让人忍俊不禁。我离开家的时候，它常悄悄跟着我，有时候跟着我到了一楼，我没发现，顺手就把一楼的铁门给关上了，它只好在门外或者别人家里闲逛一天。

下班回家，不管它原先在客厅还是在房间，我总能看见它蹲在门口。有时候我走路悄无声息，它也能准确辨别是我，我不知道它是怎么做到的。反正每天下班回到家，我第一眼见到的就是它。自从小白来到我身边，我的日子变得有趣很多。它会在我看书的时候安静地待在沙发上，它喜欢用软软的前脚蹭我，有时候会直接跳到我身上要我抱它。它甚至可以看得出来，在家里我是最喜欢它的。所以，在我面前它可以充分显现它淘气的一面。

可惜，好景不长，小白就面临何去何从的难题。难得亲自来收水电费的房东不知怎么突然就来了，看到了那只猫，我的小白。从猫会溜出来抓伤人给邻居们造成安全隐患，到猫会使周围滋生细菌，污染环境，等等，房东说了很多不能养猫的理由。我据理力争向房东解释小白很乖，我们会看管好它，不让它溜出去伤害人。房东不为所动，然后强硬地告诉我在她的房子里不允许养猫，否则搬迁。

搬迁显然是不现实的。小白的归宿成了我心头的一大难题。它仿佛也感受到了什么，开始变得闷闷不乐。我想起很远的乡下，那个叫老家的地方，那里有宽敞的环境，何尝不是它的好归宿呢？于是，我抽空把小白送回了老家。小白开始了它艰难的生存之路。老家父母养了很多鸡，那些鸡一看到小白，就会惊悚地跑开，仿佛小白会吃掉它们。

母亲说，乡下是不能养白猫的，白猫不吉利。仿佛是验证母亲的话一般，之后出现的几个插曲都跟小白有关。一日，小白在老房子里玩，大姐的孩子想去跟它玩，还没有靠近它，小白便跳上前在她的脖子上抓了几爪，瞬间她的脖子血珠涌出，她大哭起来，我亦被吓得惊慌失措，急急忙忙和大姐把孩子送去了医院。

小白一下成了大人讨厌的动物。又一日，不知为何，小白一个跳跃，在父亲的手上留下了几道渗血的爪子印。父亲中风后久未痊愈，身体比较虚弱，我们都怕他被感染。小白的顽皮把全家人都吓坏了。

小白来到老家，家里人接二连三出了些事，这让原本有点迷信的母亲更加坚定：可以养猫，但是不能养白猫，白猫不吉利。从前在我这里很受宠爱的小白，开始成了家人的烦恼。

又过了很久，我回到广州接到了母亲的电话，母亲说把小白送走了。我问送去哪里了，她说是山里边。我知道山里边是哪里，那是一片荒山林，已久未有人打理，是个人烟稀少的山林。小白成了一只野猫，不再是从前那个在我面前享受宠爱的小不点了。我的心隐隐地有些难受，却又无可奈何。

都说动物是有灵性的，小白也不例外。被送到山里的小白断断续续回来过几次，自己偷偷回来的。早晨，母亲上楼舀米，一开门就看见小白蹲在二楼杂物间的窗台上。小白又被母亲送回去几次，最后一次，母亲把它送到一个很远的油茶地里。以前父亲在那里开荒种了很多果树，后来父亲生病了，母亲便把果树砍了改种油茶树。母亲想着以后还时不时要去干活，起码还能见到，就把它流放在那里了。很快就没有了小白的消息，我不知道它是死是活。

小白再也没有回来过。又过了许久，一日我去油茶地里干活，走到路口的时候，突然跳出一个小白点。它弓着身子，"喵喵"几声围着我转。我定睛一看是小白！我真是又惊又喜！我蹲下身子，跟它打招呼，想摸一下它身上的毛，但是它看到我伸出手，"嗖"地一下，逃命般地跃进了旁边的树林里。就在那一刹那，我的心突然被刺了一下，疼得差点就要落泪了。曾经我最宠爱的小白，已经非常害怕我的靠近了。我辜负了它，它开始害怕我了。我们就这样告了别。我想以后我都不会再养小动物了。因一时的喜欢把动物圈养在自己的身边，然后又随意地丢弃，既是对动物的伤害，亦是对自己情感的折磨。

　　时间过去很久了，我还是很想念我的小白。

又到桃花盛开时

年前我回到故乡，在楼顶上晒衣服，低头的刹那，我的魂被那一树桃花勾去了。

那桃花开得正艳，粉红的、火红的灿烂地开放着，密密地挨挤着，一簇簇开满了枝头，远远望去红艳艳的一片。好一幅一树桃花压满枝的画面。

我孩童时，这棵桃树就生长在这个地方，每到春天桃花开的时候，微风吹过，花掉下来就像仙女下凡般落在地上，总引起我一阵感叹。这纷纷扬扬的桃花呀，是春天的召唤。这桃花开了，春天也就来了，桃花落了，桃子也快出来了。初夏桃子缀满枝头，盛夏桃子还未成熟，但在那棵桃树下，早已经站了几个猴急的想吃桃子的孩子，眼巴巴地望着沉甸甸的桃子。我曾经也是其中的一员。

桃树的正对面有一个小阁楼，住着这桃树的主人，他是个已经退伍的军人爷爷，平日里他总板着一张脸，让我们不敢与他亲近。那个军人爷爷整日守着那棵桃树，把它当作宝贝似的。小阁楼的门口正对着桃树，我们常常故意在桃树四周游荡，想趁军人爷爷不注意时伸手摘几个桃子。往往我们的手刚伸出去想够桃子的时候，军人爷爷的脚步声就在小阁楼里响起，离我们越来越近，我们惊慌失措，快速四处逃窜。那时候，我们都曾想偷偷去摘那树上的桃子，可碍于军人爷爷的机警和威严，都不太敢去摘。

一日，年少的我终于耐不住桃子的吸引，一个人悄悄地爬上了桃树，摘了几个桃子，在树上狼吞虎咽地吃起来。小阁楼里的军人爷爷好像听到了动静，"咚咚咚"地从小阁楼的楼梯下来。眼看这军人爷爷就要过来了，三十六计走为上计，我顾不上嘴里含着的桃子，直接从桃树上跳了下来。落地的时候脚崴了一下，屁股也重重地跌落在地上，我顾不得屁股的疼痛，连滚带爬逃回了家。

回到家的我，久久不能平静，羞愧填满了我年少的心。经过一番内心挣扎，我终于鼓起勇气跟父母坦白了这件事情。父母没有狠狠地批评我，只是有些失望。记得父亲语重心长地跟我说："孩子，知错就改是好的，但是你最好去主人那里认个错。"

我怀着忐忑的心情跑去军人爷爷家里承认错误。当时他具体说了什么我已不记得了，只记得他没有骂我，反而和蔼地摸了摸我的头，就原谅我了。

走出他家门的那一刻，我心里犹如千斤重的石头终于落了地般轻松。那桃子我再也没有去摘过。那年夏末，桃子成熟了，军人爷爷把一篮红通通的桃子递到我面前。我感激得不知道说什么好，既惊喜又羞愧，不过吃着那些桃子觉得真甜啊！

时光一晃就过去许多年，每年桃子成熟的时候，军人爷爷总会送一篮桃子给我吃。我上高中时，军人爷爷去世了，我就再也没有吃过那桃子了。

　　又是一年桃花盛开，小阁楼早已人去楼空，窗棂上挂满了蜘蛛网，一阵风吹来，窗棂发出吱呀声，仿佛在述说着岁月的流逝。军人爷爷走了，军人爷爷的家人也全部走了，只剩下小阁楼在漫长的岁月里静静地陪伴着那棵桃树。那棵桃树的花儿在春天里开了又开，仿佛永远开不尽。我站在桃树下痴痴地看着这些花儿，心里涌起一种别样的感受：不知道今年的桃子是否还像小时候，挂满整棵桃树？

榕树下的旧时光

　　故乡的榕树已经很老了，我不知道它的真实年龄，只记得从我记事开始，榕树就长在老屋门前了。榕树很像一个憨厚的胖子，因为它的身子胖嘟嘟的，要几个人手拉手才能环绕一圈呢。它又像一把撑开的伞，每一条树枝上都缀满叶子，层层叠叠，密密的，把周围的阳光都遮住了。

　　榕树下涌动的是当年欢快的我们。老屋附近有很多与我同龄的孩子，有男孩也有女孩。那时候的我们也就七八岁的年纪，正是贪玩的时候。只要有点空我们就会去榕树下玩。榕树成了我们最常去的集合地。那时候的我们虽然穷，可总有无限的快乐，不知道烦恼是什么。年幼的我们心里总是盛满欢喜的。天真无邪的我们有很多的游戏可以玩，今天玩丢沙包，明天玩跳格子，后天躲进榕树的洞里玩捉迷藏……记忆中很让我回味的是烤红薯。这大概与从小贪吃的本性有关。记得我们会很早去屋后的山上捡一些树枝，放在榕树下等着烤红薯用。村里干活的大人们从榕树下走过，也已经猜到我们这帮淘气鬼要烤红薯了，却也是善意地不揭穿我们。那时候，哪个孩子不贪吃呢？我们悄悄地从家里拿了红薯洗干净，将红薯插一根木棍放进烧得正旺的柴火堆里。我们稚嫩的说话声、铃铛般的笑声淹没在其中。许是烤红薯的香味实在太浓太诱人了，每每红薯还没有烤好，我们就起身伸出手去拿红薯吃了。

天高云阔，岁月静好啊，我感谢榕树带给我们那么多快乐。当一阵风吹过，榕树上的叶子沙沙地响，头顶掠过几只小鸟，叽叽喳喳唱着我们听不懂的歌谣。吃着香喷喷的红薯的我们，嘴角还绕着香呢，心里想的却是如何能把小鸟捉来。现在回想起来，那仍旧是我们最幸福的时光。

一年四季，夏天的榕树在我眼里是最有风情的，也最讨人喜欢，因为它长得最茂盛。当夏天的口哨在天际中吹响第一声时，榕树就按捺不住它对这个季节的响应，热情地长出一树浓郁的绿叶来。乡下本就洁净的天空，因着那一树绿叶也就显得更加明媚起来。在榕树下，有几张圆形的石凳子，据说是我们的祖先为后代弄的。那些石凳子成了村里老人最喜欢的歇息地。他们悠闲地坐在石凳上，手里拿着一把蒲扇轻轻地摇啊摇。从自家田里稻谷的收成，到孩子的学业、工作，他们总有唠不完的嗑儿。他们的晚年有孤独，也有快乐。孤独是因为他们的子孙多数都离开了村子，快乐是因为在榕树下有那样一群可以聊得来的伴儿。这样的场景要是在城里，怕是不多见吧？所以，即使他们已经年岁渐长，可仍旧喜欢默默地坚守着这个村子。无论生活有什么变故，他们总是不愿意离开故乡，就像榕树。我静静地看着榕树，还有榕树下的那些老人，我真希望村里的那些老人永远不会老去，永远健康长寿，榕树也不会老去，他们永远相互守候。

时光流逝，渐渐地，曾经在榕树下幸福追赶、玩耍的我们都长大了，像一只只有了丰盈翅膀的鸟儿飞出了榕树，离开了老屋，也离开了故乡。

那些年，在榕树下摇着蒲扇唠嗑儿的老人，也一个一个老去，甚至离开了世间。是的，就连榕树后面的老屋都已经老了，瓦掉了，上面的梁断了，唯一不变的是榕树还在那里。无论岁月如何变迁，它依旧深情地守在那里。那么多年，它用自己坚强的身躯，为我们遮风挡雨，将我们紧紧地庇护在它的怀里。它又像一位亲人始终陪伴着我们，更像我的母亲，这些年无怨无悔地承载着生活给她的狂风暴雨，却把安全留给我们。

从没有离开过

　　它是我家的一只狗，因为身上的毛是雪白的，于是我给它取了一个名字，叫雪儿。它刚来我家的时候，还是个小不点儿。但是它一点也不怕生，仿佛我家的环境本就是它熟悉的。它的毛软软的，身体也软软的，眼睛通透明亮，让原本就喜欢小动物的我，恨不得可以天天跟它玩耍。

　　雪儿一天天地长大了，与我也一天天亲密起来，很快它就成了我忠心的伙伴。我喜欢爬山，雪儿只要看到我换运动鞋，就知道我要去爬山了。这时候的它，更像一个将领，很威风地在前面带路。它的尾巴一甩一甩的，像天边自由自在地飘着的一朵白云，别提有多可爱。它在长满树木与杂草的山上欢快地走着，不时回过头来找寻我的身影。当它发现我远远地落在后面的时候，就会很贴心地停下来等我。当我已经没有力气跑下去的时候，它会用软软的爪子，轻轻地蹭我的脚，仿佛是要给我做脚部按摩。

雪儿很有灵性，甚至能听懂我的一些话。比如，当我喊"come on"的时候，它就会屁颠颠地跑过来。我念高中的时候，因为要补课，所以每隔两周才回一次家。每次我回家的时候，雪儿不仅不会与我陌生，反而与我更加亲近。当我从老屋门前的池塘边进来的时候，它早已辨别出我的脚步声，便快乐地摇着尾巴，奔跑着过来迎接我。看见我的时候，它的眼睛好像在跟我说："主人，你终于回来了！"于是，我会蹲下来，轻轻摸它身上的毛，边摸还边和它说话。它则像一只温顺的小羊，用舌头轻轻地舔我的裤脚。

高二那年，有一次我母亲生了重病。当时我父亲在街上卖面包，父亲没有手机联系不上。后来，母亲托人打电话到学校找到我，我听到母亲生病的消息，便火急火燎地往家里跑。当我快跑到老屋的石阶上的时候，我看见雪儿从母亲的房间里冲出来。它的眼神里写满了着急。当我照顾母亲的时候，雪儿就像一个守护神，安静地趴在母亲的床前。这个场景，多年后仍旧在我的脑海里浮现。在我的心里，雪儿是这个世间最通人性的狗。

时间一天天地流逝，雪儿与我都在不断地长大。雪儿已经变成了一只威猛的大白狗。每次老屋门前有陌生的脚步声响起，它总会特别灵敏地"汪汪汪"叫个不停，然后追着过路的人跑很远，直到确定过路的人对我家没有敌意之后，才会放心回来。而我，也高中毕业了，离开了故乡，去城里工作。我回家的次数很少，我原以为，雪儿与我会变得陌生，但没有想到，它一直记得我。它依旧听得出我的脚步声。不管我回去的时候是白天还是晚上，雪儿总能在我快到家的时候，奔跑着过来迎接我。

多年后的一天，母亲在电话里非常伤感地跟我说，雪儿不见了，有可能是出事了。母亲找了几天也没有找到它的踪影。那时候的我，以为雪儿只是贪玩，在外面玩够了，就会回来的。我让母亲不要担心，也许雪儿很快就回来了。但很快，我就听到了不好的消息。几天之后，母亲意外在一间牛栏门前的小沟里发现了它。雪儿走了，永远地走了。母亲发现它的时候，它的身子都已经僵硬了，母亲猜着，雪儿应该是走了好几天了。母亲为不能及时找到雪儿而自责不已。

雪儿走了之后，我家再也没有养过狗了。后来的我，无论碰见多么可爱、多么聪慧的狗，都提不起兴趣。这么多年，我一直坚定地认为，这世间最可爱、最聪明、最敏捷的狗，是我的雪儿。

雪儿离开已经将近十年了，时光冲刷掉很多往事，但是仍旧冲刷不掉它在我心里的记忆。就如此刻，我的眼前好像出现了雪儿的身影，它摇晃的尾巴，它矫健的身形，还有雪白的毛，它看我时萌萌的样子……是的，雪儿在我的世界里，从来就没有离开过。

陪伴

　　我第一次知道绣球花是在乡下 6 月的一个早晨。有一天，我在屋后的山上放牛，邻居家的王叔从小阁楼里探出身来，正给他小阁楼空地上的花草浇水。那些颜色各异的绣球花让我印象深刻，有纯白的，有紫色的，也有鲜红的……它们开得那样夺目，那样艳丽，大有一番争着抢着开放的架势。

　　话说从前在乡下我见得最多的花就是耐养的万年青和仙人掌，而这绣球花我是从未见过的。我问王叔，这是何花，王叔笑着从一堆花草中探出脑袋，声音洪亮地回答道："这是绣球花，你没有见过吧？老婆喜欢，我就种了些！"村里的很多人都忙于柴米油盐等琐碎的事情，生活把很多人的闲情逸致甚至浪漫也抹杀掉了，让人佩服的是王叔保留了浪漫的心。我当下就羡慕起王叔的老婆来，真是在婚姻里被宠着的女人啊，喜欢绣球花，爱她的男人就会为她种，这不是浪漫的幸福是什么？

王叔是一个赤脚医生。年轻的时候经常背着一个药箱，在我们村里为有病痛的村民看病。那时候王婶的名声并不好，主要因为王婶的父母是地主。王婶身为地主的女儿，在村里没少遭受白眼与嘲笑，很多人见她都躲得远远的。可王叔不顾一切看上了善良的王婶，毅然娶了她。我记得从前村里有人说，王叔在结婚的那天跟村人说："谁要是敢欺负她，我就跟谁没完。"王婶的父母只有王婶一个孩子，王叔在我们村里安了家。王叔脾气极好，说话轻声细语，对王婶总是关怀备至。

可生活，不知不觉就跟王婶开了个玩笑。多年后的一日，王婶在菜园里摘菜，高血压导致她突然晕倒，送去医院检查，结果是王婶中风了。而自从王婶中风后，王叔就不再做医生了，留在家里照顾王婶。王叔照顾王婶称得上是无微不至。冬天，太阳来得格外晚，小阁楼里有太阳照进的时候，我看到王叔陪着王婶在走道上晒太阳。他们没有说很多的话，偶尔王叔说几句，王婶安静地听，那模样像个听话的小孩儿。阳光温柔地照在他们身上，只觉得岁月静好。王婶的口水不知什么时候流了出来，王叔转身去里屋拿了毛巾轻轻地帮王婶擦干净。王婶笑了，孩子似的笑容在苍老的脸上浮现出来，就像她身边开着的绣球花那么娇艳，那么美丽。

王叔细心照顾王婶的画面，多年后，我仍旧记忆深刻。时光飞逝，这世间唯有最真诚的爱是最值得珍惜与感恩的。我不羡慕那些青年男女间你侬我侬的恋爱，我倒是很羡慕王叔跟王婶。他们从来没用华丽的语言去表达心中的爱意，却用实际行动诠释了真正的爱。在他们身上，我看到了夫妻之间最纯真的感情。

我读四年级的时候，王婶去世了。不久，故乡的山里多了一个墓，那墓住着王婶的魂。而墓前种有两株绣球花。时不时地，可以看到王叔会去墓前待上一阵。开得正艳的绣球花，在墓前安静地陪着王婶的魂。一日，上完夜自修课的我因为学校有事回去晚了，外宿的同学也都回去了，只剩下我一个人。夜黑风高啊，我孤零零地走在山路上，真是胆战心惊，总担心自己会出事。可渐渐地，我的心就定了下来。想着对面的山里有王叔种的绣球花在陪伴王婶，温暖的东西总会传递吧！我一定会没事的，这样想着，我心里的恐惧一点点地减少，竟没有那么害怕了。那晚，那两株绣球花陪我走过了那段漆黑的山路。

　　时光就这样流逝，我长大了，后来王叔也走了。王叔的小阁楼已经结满了蜘蛛网，还有王叔种的绣球花也不在了。剩下的是时空里的一片寂静。要是偶然想起故乡的那些老人，我总会不自觉地想起王叔，想起他曾经为王婶种的绣球花。那一地灿烂的绣球花啊，饱含着王叔对王婶多少真挚的爱意。人生路上难免有坎坷，有疾苦，有悲伤，可身边有了那个真心呵护自己、善待自己的人，再苦的日子也不觉得有多难熬了，那些苦会被爱所淡化。这样一想，王婶真是个幸福的人。

老屋

虽然我离开故乡已 20 余年，但是故乡的老屋一直像一首古朴的歌萦绕在我的脑海。

老屋大概住了 15 户人家，每户都有六七口人。有老的，少的，男的，女的，热闹得很。每一户都挨得很近，你家的厨房往往挨着我家的卧室。老屋的家庭之间很少有秘密，这边说什么话，隔壁可以听个一清二楚。相互之间联系也很紧密，谁家有好吃的，整个老屋的人都可以得到分享。谁家有什么事情，不管红白事，其他家庭二话不说就会赶来帮忙。老屋的屋檐下，有很多精美的雕刻，是一些花鸟虫鱼的图案，那些图案栩栩如生。那时候的人们，日子虽然过得清贫，可保持了对生活满满的希望。老屋的天井，种了几株生机勃勃的万年青，在时光中摇曳。夏天，通常可以看见年纪小的孩子在天井里边冲凉边玩耍。

老屋，有令我难忘的李奶奶。李奶奶为人很和善，她特别疼爱自己的两个孙子。她常常陪着孙子玩耍，为他们做好吃的，让他们的童年充满欢乐。李奶奶对老屋里的其他小孩子也格外疼爱。在我记忆里，有一件事印象特别深刻。那次我的父母出去干活儿了，只留下我在老屋里，可不知道怎么回事，我浑身难受，头晕，全身发痒。年迈的李奶奶二话不说，扛着锄头去屋后的山里找了草药，拿回家用水煮开，用那草药水给我冲凉。经过李奶奶的细心照顾，我的病好了。多年后，想起老屋，我仍旧会想起老屋的李奶奶。在我生病的时候，慈祥的她用那双充满爱的手温柔地掠过我的额头，我的心因此充满了温暖。

大人之间良好的相处气氛也直接影响了下一辈。孩子之间也相处得很融洽。我们在老屋里拥有过很多美好快乐的时光。

那时候的我们是贪玩的。我们喜欢在老屋里玩游戏，老屋像一个神秘的乐园吸引着我们去探险。我们在老屋的大厅里跳格子，跳绳子，丢沙包儿，也在老屋的小阁楼里捉迷藏。那时候我们的日子是那么快乐，即使磕着碰着，跑得满头大汗也浑然不觉。小孩子又是最贪吃的，我们喜欢在老屋里烤红薯吃。冬天是红薯丰收的时节，我们把从地里捡回来的红薯放在火堆里烤，通常红薯还没有烤好，我们就已经按捺不住食欲要拿出来吃了。现在想来，那时候吃的红薯，对当时的我们来说算是人间美味了。那也是最好的光阴，我怀念那时候单纯的快乐。

一晃过去很多年，昔日热闹的老屋变得沉寂了。人到中年，回到老屋，老屋已经倒塌了，上面的横梁也掉了，周围长满了杂草，它们在风中诉说着岁月的变迁。是啊，逝者如斯，岁月如刀，刀刀催人老。我们长大了，老屋破败了，我们再也回不去了。然而，此刻站在倒塌的老屋大门前的我，眼前晃过一群赤脚的小孩，他们笑着，闹着……

故乡的春

　　一年四季我最喜欢春天，因为它充满朝气、活力，一切都是新的。这些年，我去过很多地方，也见过很多地方的春景，它们让我流连忘返，但最让我念念不忘的是故乡的春天。

　　草绿起来了。春天像一个手巧的姑娘，她用手中的绣花针给大地绣出一片一片的绿草。她的绣花针绣到哪里，哪里就有了绿。那些绿草，有的从炮台脚下的石缝里钻出来，有的从菜园的篱笆旁探出了身子，有的在乡间不起眼的小路边抖露出可爱的脑袋……它们铆足了劲儿，向这个春天贡献自己的一片绿色，那阵仗仿佛是要跟别处的草赛谁长得好。

　　树，早已经从冬天的萧条里跳出来，它们在春天里抖抖精神伸展腰肢。你在柔软的春风里，不时可以看见它们愉快地摇曳着身上的叶子。我家屋后去年枯萎的大树，已经吐出新的嫩芽，有些未枯萎的经过春天的一番洗礼，长得更加葱郁了。

鸟儿多起来。小燕子飞回来了，它们在空中低俯掠过，然后轻盈地落在家门前的电线杆上，一个个整齐的姿势就像它们是这个村庄的守护者。树上的鸟也活跃起来了，也许在不经意间，你就会看到它们矫健的身影穿过树林，它们的嘴里不时切换不一样的曲调，那是这个季节多彩的音符。

花儿也争抢着开放了，红的、白的、粉的、紫的……它们仿佛要把整个春天填满。水井旁，田野上，菜园里，小河边，小溪旁，小桥边上，屋檐下，小山坡上……都能看到花开的美丽容颜。尤其是山坡上，千树万树李花盛开，洁白的李花星星点点，花朵晶莹剔透，它们在春风的吹拂下尽情地摇曳着动人的身姿。屋后的桃花也开了，粉嫩的花朵在灿烂的阳光下另有一番好风景。蜜蜂"嗡嗡嗡"地赶来凑起了热闹，它们在上面翩翩起舞。就连母亲菜园里的油菜花，也迫不及待地开了，为春天增添了一分色彩。

太阳酥酥地，柔和地照在每一个人的脸上，让人的心也注入了一缕阳光。平日里窝在家里怕冷的老人也出来活动筋骨，晒太阳了。他们在阳光下悠闲地唠着嗑儿。我从他们的身边走过，还没来得及跟他们打一声招呼，他们已经微笑着跟我说："天气好，出来晒晒太阳！"我的内心感叹着，真好啊。阳光很黏人地跟着他们，他们走到哪里阳光跟到哪里。他们的身上仿佛披上了一层金色的光芒，使他们看起来更加祥和了。我看着他们恬静的样子，感觉时光仿佛忘记了流走。小孩儿也待不住了，一个个从家里跑出来，在明媚的天空下欢快地玩耍。一旁的花儿尽情地开，艳丽的花朵衬托孩子天真的笑脸，他们在我眼里是这个春天忘不掉的景。

"一年之计在于春。"春天最忙碌的，我想应该是农民吧。在农民的心里，真正的春天在田里。田里等着勤劳的他们去耕耘，而他们也期盼着丰收的美好时刻。我的母亲很早就筹划春耕的事情了。这几年，因父亲生病家里没有经济来源，生活让母亲成了家里的顶梁柱，而田里的稻谷是母亲维持生活的一个重大物质来源。她也深深地懂得，一分耕耘一分收获。她一早就出了门，挽起裤脚，蹚过河水，经过篱笆旁，来到田里干活。她左手圈捧着谷种，右手高高扬起，一个漂亮的弧线，谷种被均匀地撒在田地里。她细细地撒着谷种，一脚抬起另一脚落下，不久田里留下她一串串的脚印，但是很快又被浑水覆盖了。我看见她额上渗出了汗珠，但是她不知劳累似的，仍然辛勤地忙碌着。傍晚，太阳的余晖慢慢淡去，她看着眼前的田野，淳朴的脸上有了欣慰的笑容。我想，不用多久这田里稻谷又是金黄的一片。春天耕种秋天收获，这是自然规律，在母亲的身上，我看到了她对春天的无限热爱，对播种的希望，我知道这也是她对生活满满的希望。

我喜欢故乡的春天，它的绚丽多彩、生机活力都深深地吸引着我。徜徉在故乡的风景里，我真愿意永远赖在春天里不走了。

春夜叉鱼

那时候在乡下，因为家里穷，所以我们总会想出法子弄些东西来填饱肚子。有时也不是真的饿，只是想满足一下久未食肉的口腹之欲。比如，我们在春天的夜里叉鱼。

春天来了，河水开始上涨了，万物开始复苏，村里的人们开始忙了，忙着一年重要的春耕。雨水刚过，人们耙了田，田里的土是松的，水还有一点混浊，这时候田里通常就会出现很多泥鳅、黄鳝。它们喜欢在夜晚出现，在田里匍匐着。

那时候我们刚上四年级，也开始上夜自修课了。我和村里的小伙伴们每人一只手电筒，把叉鱼的工具带去学校，等上完夜自修课回家的时候再一起浩浩荡荡去田里叉鱼。叉鱼的工具是我们自己手工做的，很简单，找一个废弃的塑料打火机，把打火机壳前端打火的那个装置去掉，插上一根长木棍，然后翻箱倒柜把家里缝衣服的针拿出来烫热，插进打火机壳里，大概十几根针并排着，这样工具就算做好了。我们上完夜自修课往往并不着急回家，而是拿着做好的叉鱼的工具去叉鱼。那时候我们老屋有很多同龄的孩子一起上下学，有男孩也有女孩。我们往往两个人一组，一人打一只手电筒，男孩在前面叉鱼，女孩拿着袋子在后面等着装鱼。我们轻轻抬脚走着，聚精会神地盯着田里，前面突然出现一只大泥鳅，男孩眼疾手快，"嗖"地挥起鱼叉，泥鳅就被叉上来了。女孩上前走一步把袋子递了过来，男孩手一甩，泥鳅就稳稳地落在袋子里。如此几个小时，泥鳅、黄鳝便有不少了。夜深了，我们拿着战利品，打着手电筒，沐浴着夜露回家。

到家时往往很晚了，我们把叉回来的泥鳅、黄鳝放进水盆里用清水养着，折几枝沙棘条放进盆里，养上几天，等泥鳅、黄鳝吐尽嘴里的泥，便成我们的佳肴了。想着几天后的美味，我们睡觉都梦见吃泥鳅、黄鳝。当泥鳅、黄鳝的泥吐干净了，大人便把它们用油炸爆出香味，然后舀一瓢水，煮上一锅清汤。煮出来的清汤是乳白色的，像牛奶。鱼汤味道很好，非常清甜，比猪肉鸡肉汤好喝多了。有时大人也会讲究一点，他们把白萝卜切成细丝，放在炸过泥鳅的清汤里一起煮，撒一些白胡椒粉。更讲究的就会放些葛粉丝，再打几个蛋煎成蛋皮，把蛋皮一起放进去煮15分钟，一锅泥鳅、黄鳝、粉丝、萝卜、蛋皮的杂烩粉丝汤就可以出锅了。起锅时再撒些葱花，滴几滴麻油，那味道真绝了。我们吃得欲罢不能，真是口齿留香。

一晃眼，时光划过几十年。村里的水田早已经变了模样。人们在田里喷农药，撒化肥，使田里的泥鳅、黄鳝越来越少。最近几年几乎看不到泥鳅、黄鳝了。村里耕种的人也越来越少，小时候我们常去叉鱼的那些水田已经荒废了。田里莽草丛生，一阵风吹过，一群麻雀被惊起展翅飞走，留下空空的寂静和站在田边缅思的我。一切都变了样，现在村里的小孩儿已经完全远离了乡野的生活，远离了自然界中泥土的气息。说起泥鳅、黄鳝，他们也不会像我们那样有熟悉、亲切之感。其中很多人，一出生就离开村子，去了繁华的大城市生活，像我们在田里叉鱼的经历，他们无从想象。他们的童年时期，被越来越多的电子产品和时尚精美的玩具占据了。

而我，直到现在仍旧很怀念在乡下叉鱼的时光。我永远记得那时田野的夜很黑很静，偶尔青蛙"呱呱"几声，迅速又恢复了寂静。我和小伙伴们打着手电筒，拿着袋子，轻轻踮脚走在田里，田里的水还有些冷，我们深一脚浅一脚往前走，就这样渐渐走出我们的童年、少年。

心中的乐园

　　我们小的时候，家里有六口人吃饭，每年还需要上交五六百斤公粮，稻谷丰收的时节，一些拿去交公粮，一些拿去街上卖了用来交学费，粮仓只留下一点粮食，粮食不够吃是常有的事情。在村里，邻里乡亲的生活几乎都在同一条水平线上，稍微有些余粮的肯借一些，还的时候却是要加些利息的。

　　过了几年借粮的日子，父亲想这样终究不是办法。他思虑良久，与母亲认真商量了一天。第二天，父亲扛起锄头去离家很远的地方开荒种粮食。那是离家几十里的地方，从家里出发，穿过邻村的村庄，爬上一座茶林，然后下坡穿过一片杉树林，再过一片邻村的稻田，步行一个多小时终于到了。那是我们村没人种植、没人管理的一大片荒地。它地势平坦，杂草浓密，周围长着茂盛的杂木林。

　　父亲先用镰刀把荒地四周的杂草割干净，绕着河溪和山崖围起来隔出一个隔离带，然后放一把火把隔离带里面的植物杂草烧干净。没过几日那块地就被父亲开辟成除了灰，什么也没有的荒地。

后来，父亲开始用锄头翻土。过了十几日，干涸的土地全部翻松了。父亲砍了大大的竹子，用坚硬的木棍把竹子的节全打通，把水源引到翻过土的荒地里。没过几天荒地就蓄满了水。又过了十几天，父亲牵着老水牛，扶着犁，把荒地犁了一遍，终于有了田地的样子，不再是荒地。第二年，春暖花开，万物生长，正是耕种的好时节，父亲带着我们扛着农具，担着谷种和肥料来到新开辟的田地开始播种谷子。谷子生根发芽，拔节生长，一个月后秧苗长大，那块地终于长出了稻谷秧苗。施肥、除草、杀虫……那块新开辟的田地，倾注了父亲全部的心血，父亲有时间就去那里看看，那些秧苗经过父亲的细心打理，春去暑来，7 月稻谷成熟，收了 900 多斤稻谷。由于土壤相对贫瘠，那片荒地种的稻谷收成比不上在家门口的那几块地。即使是这样，依然让父亲喜出望外。那块荒地给我们带来好的结果是，从那年开始，我们家就不用借村人的米了。过了几年，那田地越种越好，稻谷也收得越多，我们家的粮食渐渐丰足。父亲再也不用为我们吃饭发愁，这让父亲很欣慰。

儿时很长的一段时间里，我们都跟着父亲去那块田地里干活儿。那块由父亲开辟出来的土地，在我们眼里是意外惊喜，也是世外桃源，更是我们的精神乐园。那里四周是密密的树林，空气格外清新。我们干活的当天也会在那里做中午饭。我们带着砂锅和小铁锅，用山里的泉水把米淘洗干净，用砂锅焖。在附近捡些木柴来生火，木柴旺盛地燃烧着，不久就散发出浓郁的米香。焖好的饭如果拌上一些榨菜或者猪油渣，那个味道别提多诱人了。在这清幽的空气里吃饭，每一顿，都比家里的香甜很多。

田埂边上有条小溪，小溪自东向西缓缓流下。溪水清澈见底，小鱼、小虾自由地游动着。我和弟弟常常在小溪里玩耍，有时去抓鱼，不用多久就能抓些鱼虾，我们把战利品用塑料袋装起来，兴奋地跑去跟大人宣告成果。山上总能听到绵绵不绝的鸟叫声，那些鸟从不怕生，在我们的头顶掠过，欢快地叫着。它们有时候在树上歇息，有时候在地里寻觅食物。弟弟喜欢鸟，可惜没有捕鸟工具，只能望鸟兴叹。每次看见那些鸟儿振翅掠过，近在眼前，虽然抓不着，我们却仍然乐在其中。

那里长了很多可以吃的野果子。秋天，野果子成熟了，有些味道甘甜，有些酸爽怡人，所以那些野果对我们来说具有极大的诱惑性。我和弟弟每年秋天都去那里摘野果。弟弟身手敏捷，很快就可以爬上树去，我长得胖，身体笨重些，爬树没有那么灵活，不过我也是不甘示弱的，慢慢就爬上了树。有几次，我不小心从树上摔下来，重重地摔在了地上。不过那时候的欢乐早让我忘记了身上的疼痛，起来拍拍土，又朝另一棵树爬去。

那个世外桃源，小时候我每年至少去四五次。小溪里的鱼儿，周围唱歌的鸟儿，树上的野果子都是我的小伙伴，它们陪伴我度过漫长的童年、少年。那里发生的一切都让我喜欢与难忘，那里有我幸福的回忆。我对大自然的热爱与钟情，很大程度上源于这片土地乐园。

后来，我高中毕业后就再也没有去过那里了。家里的经济条件开始好转，再也不用为了解决吃饭的问题，去那么远的地方种田了。慢慢地，父亲一年耕种一回，后来年纪大了，一年一回也耕种不上了，那片乐园慢慢成了荒地。

许多年过去了，我仍然很怀念那个地方，怀念那时的阳光穿过树梢洒向我们，我们的身上仿佛抹上了一层金粉。怀念那时的鱼儿在水里自由地游，鸟儿在林间欢快地歌唱。

故乡的秋

　　"自古逢秋悲寂寥，我言秋日胜春朝。"唐代的刘禹锡在《秋词》里写道，在他眼里秋天是胜过春天的。其实秋在我眼里又何尝不是呢?

　　我喜欢秋，尤其是故乡的秋。要说季节的变换，城市总比不上乡村明显，在气候温润的羊城生活多年，我依旧很难感受到一年四季的明显变化，羊城的一年好像只有两个季节，那就是夏天与冬天。而老家不一样，这里每个季节都有最天然、最独特的风景，季节变化很明显。也许正因为这样，我对故乡的每个季节的风景都格外珍惜。恰逢放假，我从羊城回到老家，让我难忘的仍是秋天的景。

　　露，迫不及待地赶来了，那阵仗仿佛是去赶一场盛大的宴会。炮台底下，路边的杂草上，屋后树的叶子上，屋门前娇艳的花瓣上，母亲菜园的叶子上，总能出乎意料地看到露的影子。是的，露简直是无处不在。有了露，整个村子变得清凉、晶莹剔透起来。我的母亲沐浴着早晨的露，从河对面的菜园里回来。母亲手里提着满满的一篮青菜，她看见站在家门前的我就说："今天天气很凉，去加件外套吧！"我看着母亲的菜篮子，有些好奇地问："昨天摘好的青菜，今天就不用麻烦了，你这是何苦呢？"母亲憨笑着，很不经意地说："知道你喜欢吃家里的菜，你不知道，沾着露水的青菜，才是又嫩又好吃。"她说完，神情里有一丝自豪与满足。我看一眼菜篮子，里面的青菜的确是我最喜欢的。不知不觉间，我的心中被幸福的感觉占据了。时光流逝，相信很多年过去，我仍旧会想起故乡的秋天。此生不管我走多远，也不管在人生的路上走得多累，但当我知道故乡有淳朴的母亲真挚地关心我，我的心中就有了力量。

屋后的柿子熟了，红彤彤地挂在树上。躲在叶子下的一个个柿子就像一盏盏悬挂着的红色小灯笼。风吹着，可以清晰地听见叶子沙沙的响声。树下早已经站了几个贪吃的小孩儿，他们拿着棍子，仰起头，望着头顶上的那些柿子。看到这里，我不由得羡慕起这些小孩儿来，他们的快乐是如此简单。我小时候也有这样幸福的时刻，可一晃已经很多年了，这样的幸福已经不在了。在羊城，一年四季无论在市场还是超市都可以看见柿子，一个个金闪闪的甚至还有精美的包装，看上去漂亮极了，但没有故乡的那份清甜。身在异乡的我，每当秋天总会想起故乡的柿子，想起那嘴角的一抹清甜，那是我童年的专属回忆。

秋风起，树叶潇潇洒洒落了一地。这落叶一层一层堆积在地上，厚厚的，仿佛铺上了金黄的毯子。邻居家的小孩儿才五六岁，天真可爱，正蹲在地上认认真真地拼图案。不多久，我看见一个用很多树叶拼成的心形图案，小孩盯着那心形图案，笑容是那么欢愉，那么纯真。我也被感动了，多好啊，这也是秋天里动人的景吧！

家门前的田野已经是金灿灿的一片。金黄的稻谷，被饱满的籽实压弯了腰。风吹过稻谷，一阵一阵，一浪一浪，稻谷仿佛一不留神就要摔倒了。村人们有的忙活了。他们有的割稻谷，有的踩踏板打稻谷，有的拉着双轮车，把稻谷一车一车运回家里去。太阳渐渐地露了个红脸，从对面的山里爬出来，阳光洒满整个村子，一片祥和与温馨。田里劳作的人们，在阳光的照射下，身影被拉得很长很长。大人的脸、衣服都沾上了这秋的汗水，可有了丰收的喜悦，人们早已经忘记了在田里劳作的辛苦。是啊，从播种到秋收这稻谷不知道凝聚了多少汗水。如今，丰收在望，怎能不叫人开心呢？

就这样幸福地沐浴在故乡的秋色里，我诚挚地希望，我与我身后的村庄，永不老去。

一碗鸡蛋面

　　二十几年前，她的先生是村里唯一的医生，在村口开了一家诊所为村民看病。她在诊所里帮着干点力所能及的事情。大人们说起她的时候总会说起一碗鸡蛋面。因为去她那里看病的人，不管是老人还是小孩儿，每次都会吃到一碗她亲手做的鸡蛋面。

　　五六岁的小孩儿头疼脑热去到她那里的时候，一看摆设就猜到要吃药或者打针了，就会哭个不停。她在一旁会用手轻轻地抚着小孩儿的额头，温柔地说一句："孩子不哭，看了就好了，不哭了啊。"然后转身去厨房，不久捧出一碗鸡蛋面。鸡蛋面热气腾腾，面上盖着一个荷包蛋，荷包蛋上零散撒了些小葱花儿，黄灿灿的荷包蛋，翠绿色的葱花儿，相映成趣，煞是好看。

　　那时候在乡下吃鸡蛋是奢侈的，除非是家里来了客人，家长可能会把珍藏的鸡蛋拿出来。她把面捧到小孩儿面前和蔼地说："吃吧，吃了这碗面打针就不疼了。"小孩儿吃着那碗鸡蛋面，脸上浮现出开心的笑容，打针的痛或吃药的苦早忘记了。

村里很多体弱多病的小孩儿都去她那里看过病，也都吃过她做的鸡蛋面。大人们说起她也总是赞不绝口，说她有一颗仁爱之心，是菩萨心肠。

三年级的时候，有次我生病了，脸色蜡黄，头晕沉沉的，吃不下东西，一吃就吐。到了晚上病情愈是严重，母亲背起我一路焦急地赶往诊所。刚好她在诊所里，她看着有气无力的我，问："没有吃东西吧？"母亲着急地答："可不是嘛，吃点饭菜就吐，这可怎么好？"她听到我没有吃东西，摸着我的脸说："呦，看这小脸饿的，我煮碗面给你吧？"说完转身就去厨房里为我做面去了。十几分钟不到，她便端出一碗鸡蛋面放在我面前。那不是一碗普通的鸡蛋面，面里有榨菜丝，两个鸡蛋：一个荷包蛋，一个卤蛋。面热气腾腾，香味四溢，引起了我的食欲。我拿起筷子狼吞虎咽地吃起来。她看着我的吃相，轻声地叮嘱："慢点吃，慢点吃，别噎着。"

吃着那碗鸡蛋面，我被一种幸福感包围着。这幸福感是善良的她带给我的。那碗鸡蛋面带来的感动，从那个时候起就深深地烙在了我的心里。只要想起故乡，想起故乡那些善良的人，我总会想起那一碗鸡蛋面。

时光就这样流逝着，我长大了，她也老了，曾经身材苗条的她渐渐发福，眼角也有了深深的皱纹，但不变的是她的眼神，依旧那么和善。我回老家遇见她时，她已经不记得我是谁家的孩子了。这时候我会想，当年究竟多少小孩儿吃过她做的鸡蛋面呢？五十，一百，两百？我不知道准确的数据，但是我知道这里长大的小孩儿都吃过她做的鸡蛋面。一想到这里，我的心中就涌过一股暖暖的幸福。

她有两个女儿，大女儿遵从父愿也学了医，毕业后嫁到了邻村，夫家也是开诊所的。后来听村里人说，前去诊所看病的人也都吃过她的大女儿做的一碗鸡蛋面。

　　看，时光易逝人易老，但有些东西却不会变，如那碗鸡蛋面，如她们对我们的爱，在时光里一直传承了下来。无论过去多少年，我仍旧会想起故乡的那碗鸡蛋面，因为那里有人世间最美的真情。

遇见他的美好岁月

那时的他是我们的小学老师，也是我们的班主任。身材高大的他穿一件蓝色的衬衫和一条修长的牛仔裤，显得青春有活力。他的笑容很腼腆，性子又很温和，极少发脾气，大家都喜欢跟他相处。

记得一次第一节课下课的时候，他给我们提建议："现在同学们除了课本就没有其他的课外书了，我提议在班上成立一个图书角，大家愿意的话，把家里的课外书带到学校来。我给你们弄个书架，到时候把书放到书架上，你们可以分享阅读，好不好？"这个提议当然好，班上有一些家境比较好的同学有一些课外书，贫困的同学总不太好意思去借。可放在班里就不一样了，大家都可以分享阅读。这个提议得到了同学的一致赞同。我们都开始憧憬图书角的建成。同学们把家里的书带来了，一本，两本……我们的书满满当当地摆在了他给我们做的书架上面。隔壁班的同学从走廊经过，看到我们班有那么多书，无不羡慕："看，他们班有这么多课外书，他们的老师太聪明了！"他看了看沉浸在自豪里的我们，脸上露出了欣慰的笑容。后来的我，真的对阅读产生了强烈的兴趣，现在想来跟当时他对我们的引导、鼓励有一定的关系。我在心里对他充满感激，是因为在那样贫困的岁月里，他指引我们通过阅读来丰富知识。

他还发动我们在教室里种一些花。那时候的校园，黄泥墙的教室简陋无比。有了花的点缀，整个教室变得熠熠生辉了。我们把家里的万年青、紫罗兰……都拿到教室来。一时间，教室的一个小角落成了花的世界。我们在有花的世界里上早读课，我们在花香中写作业。下课的时间，我们原本枯燥的生活也多了一些乐趣。

我还记得那年，学校举行朗诵比赛活动，我们班参加比赛的同学是婷子，可是通过初选的她，却怎么也高兴不起来，只因为她没有一双像样的鞋子。校长希望她在参加决赛的时候，能换上一双好一点的鞋子。婷子看了看自己穿着的母亲的大号鞋子，想想家里一贫如洗，无论怎样也难以开口叫父母为她买一双鞋子。一个再普通不过的日子里，婷子还在纠结着那双鞋子从哪里来时，她的课桌抽屉里已经有一双大小合适的白鞋子了。那是他买给婷子的，且让大家保密，以免她知道实情会觉得失去自尊。鞋子上面绣着五六个花骨朵，看上去精致极了。当时的市场价，应该是 6.5 元一双，可这已经让婷子感动得掉眼泪了。决赛的当天，婷子穿着整齐的校服，还有那双带有花骨朵的白鞋子，站在众人面前自信地朗诵。台下是欣慰地微笑的他，还有拼命地鼓掌、喝彩的我们。在那次比赛中，我们班的婷子，荣获了一等奖。

当时我们班上有一个男生，意外从拖拉机上摔下来了。那男生在医院治疗后，有半个月的时间要在家里静养，没有办法来学校上课。是他，说不能让那男生感到着急与失落。他组织班里的同学，一起去看那个男生。他还时不时亲自给那个男生补课。那男生痊愈不久，就迎来了考试，他的成绩名列前茅。有一天，那个原本沉默寡言的男生，说起老师的好，眼眶都红了。

他对我们的好，我们悄悄记在心里，也以最真诚的方式悄悄回馈他。那时候的老师都在学校的菜园里种了一些菜，我们自告奋勇帮他干菜地里的活儿，浇水、松土、除草，样样都干。我们也真巴不得跟他分享所有的好东西。我们会把家里好吃的带去学校给他尝。他在我们的心里是大哥哥，是亲人，我们乐意执着地对他好。

一转眼，我们就小学毕业了。在毕业之后的前两年，我们时不时会回母校去看他。可在我们毕业后的第三年，他被调去别的学校，我们就很少有机会见到他了。但闲暇时刻，我们仍旧会想起他，想起从前的时光。

多年后，从家乡镇上开往广州的大巴车上，我意外碰见了他。虽然已经过去那么多年，但是我们对很多事情依旧印象深刻。他记得我们班的同学哪个刻苦用功，哪个内向不爱说话，哪个淘气没少让人操心。而我，也记得小学时代关于他的一切美好回忆。

"猫"吃了那记忆

他是我们的初中英语老师,他教我们的时候,刚从县城的师范学校毕业。而我们是一群正懵懂无知甚至有一些叛逆的初中生。

班里多是一些懒散惯了的孩子,上课放飞自我,不认真听讲,聊天儿、走神儿是常有的事情。他不像其他老师任由我们胡闹,而是有很多办法对付我们。他会在上课的时候,把在课堂上讲话的同学突然叫到讲台上去面对大家。这让被叫的同学觉得特别没面子。他会在快下课的时候叫大家背单词,背不出来的同学,即使是在周五放学时,也会被他毫不留情地留下来抄写。

他在学习上对我们严厉,惹来了许多同学的不满。渐渐地,同学们用各种各样的方式对抗这个老师。有些同学在上英语课的时候故意请假,目的就是逃避上他的课。班上有个鬼点子很多的女生,她开始想怎样可以把这个英语老师赶走。于是有一天,她写了一封申请书,请求校长给我们换一个英语老师。那个女生写好了申请书，又游说大家在上面签名。都是一群懵懂叛逆的孩子，包括我在内，未曾深想就在上面签上了自己的名字。那份请求换英语老师的申请书，后来被交到了校长的手里。校长很诧异，这样的事情在学校里还是第一次发生。

英语老师很快被校长叫去谈话了。我们不知道校长跟他谈话的内容，只是清楚地记得他从校长办公室走出来的时候，那个身材高大的他如同折弯了腰的小树，很是颓废。听其他班老师说，他受到了学校的惩治和警告。校长告诉他，那申请书上有全班同学的签名请愿，如果处理不好与学生的关系，他很有可能会被调离去其他班级或学校。

他开始对我们小心翼翼地"呵护"起来，态度不再是从前的严厉，亦失去了难得的认真。同学们又延续从前课堂的散漫、无理取闹。我们的成绩一落千丈，排到了年级的最后面。渐渐地，我们更加无心学习了。不久，校长接到班上同学家长的投诉，强烈要求换英语老师。一个月之后，学校真的给我们换了一个英语老师，我们却有点不习惯。不久，我们在学校里再也没见到这个老师，也没有了他的消息，我们却真正高兴不起来了。

像班里的很多同学那样，我受着良心上的折磨。有无数次，我的脑海里闪过从前的一个画面，那就是老师被校长叫去谈话出来后颓废的身影、满脸的憔悴。他要是知道这一切是自己的学生闹出的恶作剧，又会作何感想？我多想有机会，能当面跟他认个错，可无奈一直都没有机会见到他。这成了我的一块心病。

又过了很多年，一个极其平常的午后，我在老家的街上遇见了老师。他没有像我一直想象中的颓废、悲伤，甚至面带微笑和路人打招呼。我主动走上去跟老师介绍自己，也鼓足勇气说出我多年前的心病，希望求得他的原谅。怎知老师深深地吸了一口气，追忆了半晌也没有想起来，这所谓的联名申请书到底是哪一年哪一届发生的事情。他半开玩笑地跟我说，别往心里去，从前的那段记忆啊，其实早就被"猫"叼走了。

他的话，让我沉重的心瞬间放松下来了。当我挥手跟他告别的时候，再去细细回味他的话，我终于知道，时光带走了他的俊朗，却让他更加睿智了。他用这样幽默的方式，缓解了我们彼此之间的尴尬，并让我如释重负，忘记过去所犯的错误。

18 岁那年的时光

18 岁那年的时光，对我来说是难忘的。

那一年，我的目光被班上的一个男生牵引着。长得高大帅气的他，笑起来嘴角现出深深的酒窝。他跟其他男生不一样，皮肤白皙，看上去更像是城里来的学生。他学习成绩优异，特别是数学，每一次考试成绩总排在班里前三名。不知为何，我看在眼里，不服气的劲儿涌上心头。每次考试我都跟他较劲，拿自己的成绩跟他的去比较。只可惜我的数学成绩每次都在他后面。每次比较完，我的心里总有一些失落。记得有一次上体育课，老师叫大家自由活动，我提前跑回教室想看看他的数学卷子是多少分。外面的同学在操场上玩得正欢，我的一颗心却怦怦乱跳，轻手轻脚溜进教室，查看四下无人，便走近他的座位准备找试卷。只是很不凑巧，当我把他的试卷从课桌的抽屉里抽出来的时候，正好碰上回教室喝水的他。他站在我身后，我窘得不知道说什么好。后来，我酝酿了好一会儿，才结结巴巴地说道："其实我就是想看一下你的数学卷子考了多少分。"幸运的是善良的他并没有责怪我，他喝完水就离开了教室，剩下依旧紧张的我站在原地不知所措。在很大程度上，他成了我学习上的榜样。因为有他做参照，我硬着头皮努力去学对我来说很艰难的理科。

他喜欢打篮球，甚至到了痴迷的地步。每天下午上完课的时候，别的同学都去冲凉，他却捧着篮球走向操场。他精湛的篮球技术，使他在学校里收获了很多粉丝。要是举行篮球比赛，他的身边总会围很多热心的同学为他加油助威。其中最狂热的应该是女生，他每进一个球，周围便有雀跃的欢呼声响起。当年我也是他忠实的粉丝之一，在我看来他打篮球的样子实在是太帅了。他对篮球的痴迷在一定程度上感染了我，我也迷上了打篮球，并且在打篮球时也感受到了很多内心的快乐。

那年，我喜欢上了学英语，只因为有一个很不一样的英语老师。她性子温和，说话轻声细语，笑起来很好看。她留着一头乌黑飘逸的头发，从后面远远地看就像一袭瀑布倾泻下来。因为我初中时英语成绩不太好，所以上了高中，我对英语就提不起多大的兴趣。好在有她，上课时她会刻意叫我回答问题，不管我回答得对不对，她总会耐心鼓励我。那时候的我，容易多愁善感，为了让我走出困境，善解人意的她亲手写了一封英文信给我。在信里，她像一个邻家姐姐对我说了很多走心的话。因着她的善良，当时光冲刷了我中学时代的许多回忆时，却依旧保留了她的点滴。多年后，我在河源市区碰见她，那时候的她已经是个幸福的妈妈了，她一眼就认出了我，就像这么多年我依旧能想起她一样。

我还想起，18岁那年对我非常关照的一个女生，她是我的同班同学。那个时期的我，不知为何饭量特别大，且感觉永远都吃不饱。于是每次下课，就有了飞快地走向饭堂去买饭的我。通常我吃一份饭是吃不饱的，而吃第二份又没有钱，她便常常将她的饭匀出一半给我吃。每次她都说她吃不了那么多，我不知道她的话是真是假，但是她的善良，直到今天我依旧不能忘怀。

18 岁那年的时光很欢乐，也很温暖。无论过去多少年，我的心里依旧深情地怀念那些人，他们将永远留在我的记忆里。我也希望，我永远18 岁。

怀念逝去的年

我怀念逝去的年,那些小时候在乡下过的年。

从农历的十二月二十二开始,大人们就已经忙开了。大扫除的活儿,多数都被妇女包揽了。她们会选个天气好的日子大扫除。因为天气晴朗的时候,洗干净的家具也会沾着阳光的味道。她们把家里的桌凳大张旗鼓地搬出来,或背,或扛,或用长长的棍子挑去河里洗干净。她们一边洗东西,一边愉快地聊天儿。你家的孩子什么时候回家过年啊,你家过年打算磨多少豆腐啊,你家准备买多少鞭炮啊……过年,实在是给大家多了交流的机会。即使平日里关系不是太亲近的人,这时候也多了礼貌性的问候。我喜欢那种温馨的气氛。

最忙碌的时候当然是除夕那天。天刚刚亮,大人们已经准备杀鸡了。他们拎着装有鸡的水桶,从池塘边走过。要是碰上一起去河边的邻居,他们总免不了热情地打招呼:"杀鸡去吗?你家过年杀几只鸡?"客家人热情好客是出了名的。大家都希望拿出最丰盛的食物过年和招待亲友。而鸡都是自己养的，他们毫不吝啬。通常，他们水桶里装的鸡的数量，也说明了他们的年的丰盛程度。不一会儿，河边陆陆续续就来了很多人。他们把要杀的鸡放在石板上，个个都低着头，有的在拔鸡毛，有的在清洗鸡的内脏。你站在河边看那些大人，他们一定是边忙活边聊天儿的，细细地听，他们的言语里一定也透着过年的喜悦。

很多年后，村里的很多人搬去城市里生活，他们的年已经属于城里了。少数留守在村里的人，也习惯待在家里过自己的年。曾经清澈见底的河水，已经混浊到惨不忍睹。如今，除夕的时候我再也看不到那些在河边为过年而热热闹闹忙活的人，还有他们亲切聊天儿，分享自家的年是怎样过的画面了。

小时候的我喜欢过年，很大程度上与可以穿新衣服有关。那时我的父亲正当中年，他最令我感到自豪的是懂得做衣服。邻里小孩穿的都是去镇上买的衣服，唯独我的是家里做的，这几乎也成了我向别的小孩炫耀的资本。刚到年底，我便会迫不及待地叫父亲做衣服。他会去镇上买回布料，再把平日里不常用的缝纫机小心翼翼地擦干净，涂上油，以便更好用。看着父亲坐在缝纫机前，随着他脚踩缝纫机"嗒嗒嗒"的声音响起，还有缝纫机上的线非常有节奏地在布料上穿过，我就知道，不用半天的工夫，拥有一双巧手的父亲就可以做好一件衣服了。拿到父亲亲手做的衣服，小小的我，心里是盛满无限欢喜的。那时，我天真地以为父亲不会老，也以为可以一直穿父亲做的衣服。直到多年后，我才懂得时间摧残的厉害。

多年后，我过年就很少穿新衣服了，即使穿新衣服，也没有了那时的欢呼雀跃。太容易得来的东西，总是少了很多惊喜与期待。而那些年，父亲为我做新衣服的记忆，仍旧留在我的脑海里。

那时候过年，村里的人都喜欢串门儿，不管是大人，还是小孩儿。

一个老屋就有十几户家庭，而每个家庭最少有六七个人，大人找大人串门儿聊天儿，小孩儿找小孩儿玩耍。从除夕到正月初八，串门儿的时间也是人人沉浸在年味儿里的时间。只要看到村里人还在悠闲地串门儿，你便感觉年还没有过完。而当我长大时，特别是现在过年，人们就少了串门儿的兴致。小时候我早早就开始期待的年，如今一瞬间就过了，除夕吃过最丰盛的晚餐，初二村里还能见到不少从城里回来的年轻人，等初三一过，多数已经启程奔赴城里工作或者生活。年不再有从前的年味儿，村里只留下一片冷清与寂静。

　　而越是这样，我越是怀念那已经逝去的年。

但愿人长久，千里共婵娟

　　乡村的夜晚是美的，特别是中秋的夜晚。

　　夜晚的钟声刚响起，月亮已经按捺不住它的急性子，披着洁白的婚纱出来了，向广阔的天空抛洒着它的热情。只见又大又圆的月亮，爬过树梢后高高悬挂在天边。这月亮照着整个苍穹，把一切都笼罩在这恬静的月色里，宛如白昼。村里的路灯亮起来了，你时不时可以看到人们从大路上走过。他们有时低头走路，有时抬头望天，有时又对着月亮聊天。不知道他们聊的是什么话题，却可以听见他们欢快的笑声。我想，这大概就是过节的好处吧，每个人的节奏都慢了下来，老人们也在屋门前坐着，彼此絮絮叨叨地聊着这中秋的月亮。

　　风吹来一阵夜来香的清香，这熟悉的香味让我心旷神怡。记得小时候在乡下，我家祖屋天井里种有几株夜来香，那是父亲用来防蚊虫驱蛇的。那几株夜来香长得并不高大，只有 1 米多高，但是枝叶浓密，花朵繁多。每年盛夏都会热情地开放，散发出浓郁的香味，熏得蚊虫和蛇都不敢进老屋。

菜园里传来蟋蟀的叫声，它们躲在草丛中、栅栏里，唱着我听不懂的歌谣。同学家的才六七岁的孩子，调皮可爱，她昂着头看夜空里明亮的月亮，脱口而出："呀，这月亮像月饼！""是呀，月亮像月饼，真是个聪明的孩子，你比喻得真好。"我刮了一下她的小鼻子，笑着对她说。

看着这头顶的明月，我和同学漫无目的地闲聊着，聊电影，聊音乐，聊彼此的人生。不久，孩子们，乐颠颠地跑进客厅，拿了月饼出来。他们把月饼切成四块儿，叉起一块儿小心翼翼地吃了起来，随后又拿起饮料，像大人一样举起杯子，像模像样地碰杯并乐呵呵地说："干杯！中秋节快乐！"他们欢乐的举动，引得我们差点儿笑出眼泪来。

这到底让我想起小时候在故乡的中秋来。那时故乡的中秋，远比城里热闹得多。特别是我读小学的时候，中秋节都是在家里过的。中秋节的晚上，母亲把珍藏在橱柜里的月饼拿出来分给我们，我和姐姐常常舍不得吃，先跑出去和小朋友们玩。那时的月亮又大又亮，夜空中星光闪闪。我和小朋友们常聚在晒谷场里，追着一闪一闪的萤火虫跑，萤火虫飞去哪里，我们就欢乐地跑去哪里，走过之处洒下一串欢乐的笑声。

那时候的我，也像此刻同学的孩子们，喜欢在中秋的月色里欢快闹腾。故乡的月饼对我来说是最好吃的，虽然只是简单的圆米饼。这种月饼没有馅，只在月饼上面撒一些白糖，咬一口，白糖沙沙地落在嘴里，很甜很爽口。不像现在城里的月饼款式精美，馅料足，可一吃就腻。故乡的月饼，质朴，纯正，吃几个也不会觉得腻。毕业后我出来工作，每逢中秋，仍然会惦记故乡的月饼。

这时候，一个许久未联系的朋友送来中秋问候。在我最初的记忆里，他还是一个刚毕业不久，在迷茫中困惑的人。许久未联络，现在发现他变得踏实了许多。我真心为他的转变感到高兴。他又跟我说起，他常常关注我的文字，看我的文字也让他学会了释然。听到这里，我简直感到受宠若惊。其实，该说感谢的应该是我吧！我很感谢他在中秋佳节给我送来问候，也衷心地感谢他与我分享成长中的蜕变。这是中秋节的一个小礼物吧。借着眼前这美美的月色，我也想把最好的祝福送给他，希望他在未来的岁月里，越过越好。

月亮仍旧高高地挂着，夜已经很深了，乡村周围更加安静了。偶尔的一两声狗叫声打破了村子的宁静。沐浴在这片夜色中的我，情不自禁地想起两句诗词，那就是"但愿人长久，千里共婵娟"。

第二辑　守望幸福

百雀羚的爱

　　那年我 8 岁，乡下的阳光暖洋洋地抚着世间的每个角落。我与母亲在打谷场上晒太阳。年少的我仰着天真的小脸儿跟母亲许诺："等我长大了，你每年生日我都给你买生日礼物。"那时，母亲被阳光照着的脸格外柔和。她笑眯眯地回应我："我的乖乖，真是好孩子！可别等妈老了，连生日是哪天也不记得了。"当时的我觉得，母亲的生日我怎么会忘记呢？可事实证明，母亲的生日我真的从来没有记清楚过。

　　母亲的生日，我只是很模糊地记得大概是在冬天，是在农历十月里。十月里的哪一天呢？具体的日期却是不记得的。偶然聊到生日这个话题，我会顺带问母亲一句"你的生日是不是到了？"，母亲会很耐心地说上一遍："十月十四，还远呢！"我"哦"了一声，只是当时记下了，可真正到那天的时候，母亲的生日又被我忘得一干二净。母亲的生日到底是不大重要的。她的生日不讲排场，不兴大鱼大肉，不走煽情仪式，没有蛋糕，也没有鲜花。多数时候加一餐菜就算是隆重了。也有过这样的事，母亲的生日已经过去好些天了，我才突然想起，于是心里会有不安与愧疚，我打电话过去问"生日怎么过的？"，那头的她答："没怎么过，出去买了几块豆腐。"对于母亲来说，吃豆腐也算是生日加菜的待遇了。

时间久了，我甚至觉得母亲是不需要生日礼物的。因为，她从来没有在我面前说过她想要什么，希望我买什么礼物给她。

可有一天，母亲竟主动跟我提了要求，让我帮她买一件东西当作是给她的生日礼物。她说得很认真，看样子那东西对她很重要。我一时诧异问她："想要什么生日礼物啊？"她支支吾吾，酝酿了半天终于挤出一句话来："你能不能帮妈买一盒百雀羚，就是抹手的。"我当时想，难道我的母亲开始学习变美了，开始注意保养手了。母亲看着有些疑惑的我，伸出她的双手给我看："老了，终究是不中用了，一到冬天手就裂了，疼得没法洗衣服。"

我把她的双手捧在面前细细地看：干瘪的手，上面一道道皱纹像老树皮，又像又老又旧的核桃。手的关节处外翻了几块皮，有的皮完全裂开了，可以清晰地看到里面的肉。我用手轻轻触碰那裂开的皮，母亲条件反射地把手从我的手掌心抽离："很疼！"我问她："你这以前都是怎么过来的？"这时候的母亲，云淡风轻地说："以前你不是带回来一盒吗，我就时不时抹点，可别说，还真的有效果。"我看着一边碎碎念，一边因为觉得要麻烦我而感到有些歉意的母亲，心里突然很不是滋味：这样的事情，为什么我从前没有发觉？

回到广州，我的心被母亲的生日礼物——一盒百雀羚抹手膏占据着。这是这么多年来母亲要的第一份礼物，我要是不能满足她，我的心里也会过意不去吧？我跑了好几家商店，可不是已经卖完了就是表示产品太老款，不时尚，已经不出售了。在商店里有一个工作人员跟我说："那么老款的东西，谁还卖啊！现在有大把的护手霜。"可终究，我想买母亲想要的。最后功夫不负有心人，我在楼下一间小卖部的小角落里，意外看到了它的身影。它孤孤单单地被放在货架的一角，少有人注意，就像我那乡下的母亲。

百雀羚买回来的那一刻，我的心里有了一种复杂的情绪，有高兴，也有惭愧。是啊，我终于让母亲有了一件她要的生日礼物，想来她是高兴的吧？而令我惭愧的是，号称非常有仪式感的我，连圣诞节这样的洋节日都记得清清楚楚，唯独母亲的生日，这么多年来我从来都没有记住过。曾经信誓旦旦跟母亲许诺的场景还在眼前。其实，我没有上心的又何止是她的生日呢？

我的脑海里呈现出这样一个画面：我的母亲在家门前，细细地用百雀羚涂抹着手上开裂的地方。她脸上的笑容几乎在那一瞬间像微微的涟漪荡漾开来。也就在这时我才明白，其实母亲要什么生日礼物呢？她要的不过如此，很简单，那就是子女懂得关心、挂念她。这就很幸福，这就足够了呀！

谢谢你懂我

从前，我一直觉得母亲是不懂我的。一点都不。

从小学四年级起，我的数学就出现了严重的偏科。对于别人来说很简单的数学题，到了我这里却成了难题，连完成作业都很困难。那时候老师很严格，作业的分数要在 70 分以上才不用重做。可我的分数经常都是在 70 分以下。每次老师布置的作业就是让我最头疼的事情，只因为我的作业常常要重做，作业撕了一页又一页。甚至回家吃中午饭的时候，我都想着数学作业要重做的事情。刚吃了饭就马不停蹄地要去学校。母亲看见我慌里慌张的样子，问："走那么早，去哪里？"我道："我的数学作业要重做。"这时候的母亲眼里露出不解的神情，跟我说："你的作业怎么总是要重做！"那时候的我不知道该说些什么，但是我心里其实是有点埋怨母亲的，埋怨她不够懂我，不懂我的苦，也不懂我在课业上的艰辛。

我读六年级的时候，有一次语文考了年级第一名，但是由于数学严重偏科，我的整体成绩只排到第六名。恰巧那时候，学校要开家长会，前10名的都可以邀请家长去参加。我的父亲有事情不能去，去开家长会就成了我母亲的任务。在家里干农活的母亲在开家长会的半个小时前，匆匆赶去了学校。开完家长会，她回到家后，我以为她会觉得很自豪，很骄傲，会因为我那全年级第一的语文成绩而夸我。没想到她回来的第一句话就是："闺女，老师跟我说了你的数学严重偏科，你要改正。"青春期是容易爱慕虚荣的年纪，我早已经准备好受表扬的心，听到她的话后，突然就沉了下去。看，她终究是不懂我的，只知道我数学偏科，却不愿意肯定我那引以为豪的语文成绩。

　　高三毕业，因为没有考上大学，很快我就出来工作了。这也几乎成了我心中的一个遗憾。看到身边好些同学都去念大学，我的心里涌过很多羡慕。后来，我报名读了市里的一所大专的函授课程。入学前要考试。当我兴致勃勃地把考试过关后拿到的录取通知书拿给母亲看的时候，母亲看着那红本子，一脸好奇地问我："你这是要毕业了吗？"那时候，我的心里有些许无奈，甚至也有一点委屈。看，母亲又是不懂我的。本身不容易得到的东西，在她看来却以为是容易的。

　　母亲是不懂我的，从小到大这个想法伴随了我很长时间。直到很平常的一天，她突然让我意识到：哦，原来母亲也是懂我的。

　　那是前不久的事情。国庆假期，我回了老家。中午吃饭的时候，母亲照常问起我的近况。她问我平常除了上班都忙什么。我告诉她，最近我都在为出书做准备。下班回来忙完生活上的事情，多数的时间都是写文章或者看书。母亲听到我准备出书的消息，眼神是何等的惊讶呀！我至今都无法忘记那个情形，她那苍老的双眼突然一下充满了神采，眼神里除了不敢相信，还有惊喜。以至于她那拿着筷子的右手，突然在餐桌上停顿了片刻。她把脸微微转向我柔柔地问："闺女，是真的吗？准备出书了？"当得到我的确认时，母亲欣慰地笑了，那笑容如同乡下3月的阳光暖人心扉。

不一会儿，她仍旧不太敢相信地问我："闺女，你说不会出不了吧？你说你写得那么辛苦，要是出不了那不是浪费了！"我一脸镇定地跟她说："不会的，你应该相信你的女儿。"她听到我这样说，突然又放下心来，喃喃自语："你要是出书了，就是我们家的大喜事，将会是我们村第一个出书的。"她笑眯眯地看向我，末了又加上句："哦，不对，不对，应该是镇上第一个，我知道我们这个镇还没有一个人出书呢！"

母亲是有多高兴啊！记忆里我很久都没有见过这样的场景了。她笑起来的时候嘴角微微上扬，形成一个好看的弧度。再留意一下，她说话的音调都变了，带着欢快的节奏。她终究懂了我一回，没有见过什么大世面的她，甚至想到了出版书籍可能面临的艰辛，所以她说了那句"要是出不了那不是浪费了"。

我内心的触动还在后头。听到我准备出书的消息后，母亲吃了饭放下碗筷就走了。我以为她是去邻居家聊天了。让我没有想到的是她是去杀鸡了。晚上，她端上来一盆满满的鸡肉。母亲浓得化不开的笑容映衬在餐桌前。她给我夹了两个大鸡腿，还说："听到你的好消息，我也为你高兴，杀鸡庆祝一下。"见此情形，我也被母亲高兴的情绪所感染。从前的我一直觉得她是不懂我的，更不懂我坚持与热爱的东西，可这次，我突然意识到母亲其实也很懂我。

我终于醒悟过来，其实母亲不是不懂我，只是她把这份懂深深地收藏在自己的内心，没有用语言表达出来。她收起她的这份懂是担心我骄傲，想让我更加努力地前行。而这次，她终于在我面前展现出了她的懂。原来啊，不善于用言语表达的她也被我的热爱与坚持感动了。想到这里，我觉得我就是最幸福的人。

母亲的万年青

不过是偶然间，母亲瞧见了我眼神里对万年青的喜欢。从来不喜欢花草也不懂得如何伺候花草的母亲，就这样在老屋的天井里养了一盆万年青。

邻居家的李叔喜欢种花种草，母亲看到那花盆里的一抹葱郁的绿时问李叔："你这养的是万年青吗？"对方不冷不淡地回："对啊，怎么了？"母亲说："我闺女喜欢万年青，你这万年青能否摘一枝给我养？"那李叔也是爽快，立马就在绿绿的花盆里掐了一枝给母亲。

母亲对万年青很上心，即使再忙也会在傍晚的时候给万年青浇水。甚至把万年青的叶子都擦得干干净净，上面一点灰尘也没有。她边忙活边喃喃自语："这花呀，只有勤浇水才能长得好呀！"她说的那些话仿佛是说给自己听，却又好像是说给我听。我听后没有多加理会，因为那时我的心正被许多烦心事牵引着。

正读初三的我，成绩排在班里非常靠后的位置。想到家人对我的期许，还有班里的竞争，又想到自己不如意的成绩，我的心情一度跌到了谷底。那时候我常常生病，也常常休息不好。好几次，我在休息的时候因为情绪失控便通过双脚不断地撞击床板来发泄心情。母亲听出是我弄出的声音，她会屏住呼吸，默默走进我的房间看一眼陷入失控的我。心疼与不安写在她脸上，可她不懂如何开导我。她静静地看一眼天井里的万年青，仿佛想对我说什么，却又退出去了，当作什么事情也没有发生。

又一次情绪失控，只是这一次，我用双腿撞击床板的动静太大了，母亲走进来担心地问："你怎么了？"那时的我仍旧把内心的小宇宙包裹着，云淡风轻地对她说："我没事。"母亲看着我，不经意地说："我知道，你是担心考不上高中吧？你不用担心，用心去学肯定能考上的。你不知道，我养的万年青现在长得可好了。那李叔，我看他的万年青都蔫了。所以啊，我觉得你能考上的。"我对她说："你养的万年青跟我考试有啥关系啊？"母亲又说："怎么会没有关系呢，万年青万绿长青，这是一个好兆头。"我一时惊讶，母亲竟然会用四字词语"万绿长青"来形容万年青。

突然地，我被母亲的话撞击了一下。原来啊，天井里的万年青是没有任何生活情趣的母亲特地为我养的。也是在刹那间，我的心被莫名地揪了一下。也难怪了，整日连家务活都忙不过来的母亲有那么多的时间与精力去照顾那盆万年青。原来，这盆万年青已经被母亲赋予了特殊的意义。

后来，我如愿考上了高中，母亲听到这消息脸上露出了欣慰的笑容。她像早就知道结果一样对我说："我就说呀，你一定能考上的。"我微笑着不说话。此刻看着天井里的万年青，一缕蓬勃的绿，阳光照在上面。我知道其中也倾注了母亲的情感，暖暖的，让人感动。

多年后，我家早已经搬离老屋住进了新房。但每次回家，我仍旧会回老屋看看，看看天井里的万年青。时光飞逝，一切仿佛都变样了，一切又好像没有变。那万年青年年如此地碧绿着，就像这么多年来母亲给予我的爱。想当年，我是一个不善于用言语去表达心中苦闷的孩子，母亲用一盆万年青打开了我的心扉，也让我那段孤独的读书时光有了不一样的记忆。

光阴里的轮回

2020 年，腊月二十八，家乡镇上一年里最热闹的时间，我与妈妈出去逛街，在熙熙攘攘的人群中我们的身影很快就被淹没了。瘦小的妈妈用一只手牢牢地牵着我，就像一个小孩儿很害怕妈妈把她丢下。那感觉很奇特，甚至我感觉我的手都被她牵出了汗。我笑着跟她说："你这样，我的手全是汗了。"这时，妈妈带着一丝不好意思跟我说："人太多我怕被冲散了，我今天出门没有带手机呢！"

听到这句话，我的心里有一种难言的滋味。我的思绪瞬间回到了 10 年前。那次妈妈来广州看牙齿，看完之后我带她去逛街。坐公交车出去的时候，妈妈也是这样牢牢地抓着我，生怕她走丢。用她的话说就是，在人挤人的广州稍微一不留神就走散了。她怕找不到我。

那时候妈妈还没有手机。那是我人生第一次深刻地感受到妈妈潜意识里对我的依赖，这种依赖甚至让我一下子没有办法适应。是啊，从前很长的一段时间里，都是我依赖她多一些的。只是没有想到时间把我们两个人的角色调换了。

在我的记忆里，妈妈是很强悍的。爸爸做小生意，妈妈在家里操劳。田地的活，家里的活主要都是妈妈在管。妈妈像一个陀螺围着几个点在转，可妈妈仿佛永远都不会累，也很少生病。

反倒是我小时候身子骨特别弱，三天两头生病。这可没少给妈妈添麻烦，但是那时候我从来不会害怕。妈妈在家里相当于半个医生。很多次我生病的时候，妈妈都会去山上挖草药，把那些草药熬成汁让我服下，我的病就真的好了。那时候在我眼里，妈妈她是天使，她是我的一切，只要有她在，我就会好。

很多年过去了，曾经是小姑娘的我已经到中年，而妈妈也从那个拥有一头乌黑长发的中年女性蜕变到老年人。是的，时光真的如白驹过隙。妈妈老了，头发全白了。时光在摧残，从前身体健硕的妈妈，最近几年总免不了这疼那痛。有时严重的头痛折磨得她晚上几乎睡不好觉，听到这些我的心里掠过一丝难言的痛楚。这种痛楚，在我小时候很多次生病的时候，妈妈也真真切切地体会着。

那日回家，妈妈说头晕沉沉的，很不舒服。也不知道哪里来的想法，突然跟她说："妈，来，你坐下，我帮你按摩，也许能减缓下。"

妈妈很听话地坐下，我站在她身后，按照从前在书本上学的按摩的手法，给妈妈轻轻地按摩着。大概20分钟后，我停下来，问她："怎么样，还行吗？"

她说："怎么感觉轻松了呢？脑袋没有那么沉了。"我像个得了一等奖的学生骄傲地回她："那还用说，我之前在书上学的。"

此刻妈妈笑得像个孩子，天真无邪。

连续几天，只要有空我都会帮妈妈按摩。有一天她特别欣喜地跟我说："你说真是奇怪，我这里原先是酸酸的，经你这样按摩我感觉不酸了。"她指了指她的肩膀。

她永远不知道，当时我心里有多高兴。就像小时候，我生病的时候，妈妈用那些草药治好了我，我对她是崇拜的。

不一会儿，妈妈说："真是多亏了你，要不然还是酸的。"听了这话，我差点就掉下眼泪来。从前，妈妈对我好，无论到哪个境界她都觉得不为过，可我为她付出一点点，她就用感恩的心态来对待。

从这一刻起，我希望给妈妈好好的关怀与疼爱，就像她曾经对我那样。

飞机场哭泣的母亲

遇见她是在飞机场的候机大厅里。她默默地坐在我旁边的座位上，身边放着一个塞得鼓鼓的大包。她的双眼直直地盯着地面，一副神情低落若有所思的样子。

这时，候机大厅走过一对母子。母亲年轻又有气质，小男孩活泼好动。他们一路聊着，年轻的母亲跟小男孩不知道聊了些什么，引得小男孩"咯咯咯"地笑了起来，撒欢跑开了。那母亲看着小男孩，生怕他因为跑得太快而摔倒，嘴里喃喃道："慢点，别摔咯！"那母亲的目光一直追随着小男孩，载着满满的母爱和温暖。

坐在我身边的一位妇人，这时候神情开始丰富起来。她抬起头，眼睛定定地看着小男孩，眼神里流露出神往与羡慕。那个可爱的小男孩的出现让她好像看见了自己的孩子，眼里盛满了欢愉。她那原本僵硬的脸不再紧绷，变得柔和，松弛了下来。但当那对母子渐渐走远，那个妇人脸上的光泽又一点一点地褪去了。

不久，我的同伴来了，我们有一搭没一搭地闲聊着陕西的景点、风土人情。后来我们聊到咸阳时引起了那位妇人的兴趣。她开始和我们搭话。她饶有兴趣地问我们："你们是哪里人呢？咸阳还是广州？"为了安全起见，我们模糊回答我们是广东人。她听了有些愕然，表情有些凝固，不过很快又松弛了下来。她保持着旺盛的好奇心继续问我们："你们去咸阳旅游吗？想去哪个景点游玩？"我们随口敷衍她："暂时没定，就随便走走。""哎呀，咸阳是个好地方，我就是咸阳人。咸阳很多地方值得去。"听到我们说过来游玩，她突然有些兴奋起来，话匣子好像被打开了。她热情地向我们介绍起了陕西：历史悠久的古都西安、威武雄壮的秦始皇陵兵马俑、美味的肉夹馍……这时的她不再是一个安静的路人，更像是一个热情且专业的导游。我俩静静地听她说着，偶尔附和一下，更多的时候我们是沉默的。

"我这次是从儿子那边回来的，要回老家咸阳去呢！"突然她向我们聊起了她的儿子，此时她的语调变了，变得特别轻松与愉悦。我们问她："你儿子做什么的？""飞行员！"她扬起脸自豪地说。她絮絮地和我们分享起她儿子的点滴，且神采飞扬："我儿子很争气，从小到大从未让我们操心！这不，现在出来工作了还总想着我，让我要多出去走走，说人不能老闷着。""你有福气了，有个孝顺的儿子！"我们礼貌地附和着。

"是的，我是个有福气的人，儿子真的孝顺。可是，你们不知道我儿子吃了很多苦。生病无人照顾只能自己扛，这次还带病上班。"说到这里她停了停，环顾四周发现没有什么人，开始哭起来。她哭得有些压抑，低下头，双手捂着涨得通红的脸，抽泣声断断续续。她的双肩因为哭泣微微地颤抖着："我真心疼我儿子，只可惜，他有什么困难我帮不上忙。"

我们有些不知所措，不懂如何安慰她，可她那句心疼儿子的话却深深地烙在了我的心里。是啊，孩子都是父母的宝贝。孩子不管多大，在父母的心里永远都是孩子。父母希望倾尽全力给孩子一切。渐渐地，曾经对父母依赖的孩子像一只鸟儿有了丰满的羽毛，开始学会了飞翔。在飞翔中，父母虽百般不舍，舍不得放开那双宽大的手掌，却又不得不学会放手。正如眼前这个在候机厅哭泣的母亲，虽然对儿子那么牵挂却也勇敢地放手了。我想，她牵挂的目光能给她儿子自由的爱，这一定能让她儿子在未来的日子里飞得更高，飞得更好吧！

几小时后飞机在咸阳机场平安降落，我被人群裹挟着走下飞机。在熙熙攘攘的人群中，我又看见了那位母亲，倏地随人群远去。望着她远去的背影，我想起我乡下的母亲。我已经有好一阵子没有给她打电话了。她也像候机厅的那位母亲，挂念着报喜不报忧的我。我知道她一直想帮我，如果可以她真希望帮我背负生活中的一切苦，可是为了我的成长，她只能慢慢放手。

凌晨2点的飞机场依然灯火通明，我轻轻地拨通了母亲的电话，告诉她："我很好，别担心我……"

学会向父母"索取"爱

自从家里不种田之后，母亲就感觉没有什么事情可做了。一辈子做惯了农活的母亲一下子心里空落落的，闷闷不乐。这一闲下来却闲出了这样或者那样的小毛病。我很不解，为什么不种田了身体反而比从前差了呢。母亲一本正经地说："都是农村人，干活儿习惯了，一不干活儿就会生病。"我只好任由她，随她想做什么就做什么。

母亲开始忙活地里的活儿，种红薯，种玉米，还种各种各样的菜。每次我打电话给她，她总是在地里干活儿。那些菜吃不完的时候，母亲就做成菜干儿，用大小不一的罐子存放在杂物间。等到我回老家要走的时候，母亲就会收拾出几大袋好吃的东西，希望我能带到广州去尝尝。而我每一次都意志坚定、毫不留情地拒绝了她的好心。我跟她说："我都跟你说了，我什么东西都不想带。"我只想着，吃老人家那么辛苦做的东西我的心里会有愧疚感，可不承想这让母亲失望起来。

有一次，听到她很认真地问我："闺女，你咋不要我的东西？是不是妈的手艺差劲了？"她会说这样的话，心里大概是有些失落的吧！我的心里也有些难过起来，刚想解释，母亲便走开去忙别的事情了，留下我一个人站在原地怅然若失。

终于有一次，我主动要了母亲的东西。我没有想到，这换来了母亲止不住的高兴。那次回家，母亲刚从地里捡回来的红薯，像一个个胖娃娃，躺在地板上，看着真是勾起了我的食欲。我跟母亲说，我想吃红薯，不知道味道怎么样。不经意的话，母亲听了却是满怀高兴。她一个劲儿地说："好吃呀，今年都是红土种的，甜得很呢！"母亲很快就去洗了红薯，挑最大最好的，放到锅里蒸熟。我也第一次因为吃红薯高兴地夸起母亲来，我说："真的好吃。"母亲看到吃得津津有味的我，脸上有着满足的欣慰，那笑容像花朵一样灿烂。末了她还向我承诺："你喜欢啊，以后我多种一些！"

母亲真的忙开了。她把红薯的皮削得干干净净，又经过好几道工序制成软软的番薯干。总之，从此她好像每天都有忙不完的事情了。渐渐地，让我感到意外的是，母亲的身体好很多了。

这时候我才知道，我的母亲忙却快乐着。在为子女的付出中，她感受到了无限的幸福与快乐。而从前的我，却剥夺了她为我去付出的那份成就感。

随着岁月的流逝，父母老了。如果做子女的不要父母做任何事情，父母只会觉得他们已经成了子女的累赘，日子只会越过越煎熬。正确的做法是，子女应该学会适当地放手，放手让父母做力所能及的事情，让他们感受到子女还需要他们。这样他们一定也能充实、快乐地过好每一天。

又是可以吃红薯的季节，我给乡下的母亲打电话，请她有空寄一些红薯给我。那头儿的母亲接到电话，依旧高兴地答应了我。我知道母亲又有的忙了，不过那是快乐的忙。因着母亲的快乐，我也感到了满满的幸福。

母亲不再是个小女人

母亲在我的心里，一直是女英雄的形象，是个天不怕地不怕的人。

我8岁那年，生了一场大病，辗转家乡附近的几家医院依然未见好转。村里一个老人说，距离家乡10公里的山里有一种特殊的草药可以治我的病。那片山是村里出了名的坟墓山，阴气很重，几乎无人敢单独去那个地方。我的母亲毫无畏惧，一个人扛着锄头就去了山里，历经辛苦挖到草药。我吃了那种草药，病果然好了。

高三那年，有一天，我和母亲去河里洗衣服，不知道哪里来的一只大黑狗突然朝我扑过来，眼看就要伤到我，母亲眼疾手快捡起路旁的一根木棍，狠狠地朝那只大黑狗挥去。或许是母亲的凶，大黑狗被吓得止住了脚步，我因此安然无恙。从那时起，母亲在我心中更加英勇而强悍。

然而有一天，我才发现母亲并非天生强悍。她的内心其实也很柔软。那天我离开家出发去广州，母亲提着东西送我坐车。我们慢悠悠地走在村道上，行至村祠堂时，转角处突然冲出一只小黑狗，龇牙咧嘴地站在路中央，看上去不甚友善。母亲被吓住了，惊慌失措连退了好几步。母亲的举动让我很意外，我半开玩笑地跟母亲说："想当年扑过来的大黑狗你都敢打，怎么会被这只小黑狗吓住了呢？你在我心里可是什么都不怕的人！"

母亲有点不好意思地说："我哪是不怕狗呢，只不过当时狗朝你扑来，我怕咬了你，心急自然忘了害怕。其实打那以后，每次碰到狗我的心里总发毛，害怕得要打哆嗦。我那个时候要护着你，形势逼我不能怕的。"在那一瞬间，我突然醒悟了：原来母亲的强悍不是与生俱来的。她的心里也有柔软的地方，只是自从成为母亲之后，为了更好地保护我，她变得强大了。

后来听长辈们说，母亲没有结婚之前也是个胆小的人，去稍微远点儿的山上干活儿，她从来不敢独行。可现在哪里有母亲不敢去的地方呢？父亲做面包的那几十年，蒸面包要用很多木柴，再远再偏僻的山，甚至是有阴气的山里，母亲也是单枪匹马去的。我又听外婆说母亲年轻的时候很漂亮，是个十足的美人，窈窕的身段儿，一头乌黑的长发，吸引了村里不知道多少小伙子的爱慕。母亲自从结婚之后，特别是有了我们几个孩子，为了更好地照顾我们，她把那一头飘逸的长头发剪掉了。如今的她有很多白头发，也再无年轻时候的光彩照人了。

原来啊，每一位白发苍苍的母亲，曾经都是年轻貌美的少女。在生命的长河中，她们也渴望被人关心、宠爱。只是从她们成为母亲的那一刻起便将这颗少女心藏了起来，变成了一个可以挡风遮雨、无所畏惧的女英雄。因为她们知道自己身上的那份勇敢与坚强，是子女强大的支撑力。

懂你的不容易

我每次回家，母亲都是最忙碌的，特别是过年的时候。

腊月二十九的晚上，休息之前我特意提醒母亲，叫她千万不要那么早起来，那些菜之类的等我起床之后再弄。记得当时母亲很欣慰，也很爽快地答应了："放心好了，我不会那么早起来的，我还要睡个舒服的懒觉呢！"说完还冲我做了一个鬼脸儿。

可第二天一早，我刚起床下楼，就看到浴室的衣服全部不在了。不用想衣服肯定被母亲一早洗了。我问她："怎么那么早就洗衣服了？"母亲对我说："我想着没有什么事情啊，我就洗了。"我沉默了，突然不知道说什么好。

厨房里蒸饭的炉火烧得很旺盛，母亲上楼找衣架子晒那满满的一桶衣服去了。等她下楼之后，她放下水桶又炒菜去了。等到大家吃完饭都休息的时间，母亲又去洗碗了。我看得一阵心疼，母亲真的是一刻都不能闲下来。我走过去示意要帮忙，她一阵推托说怕把我的衣服弄脏了。我问母亲，一直这样忙碌，不会觉得很累吗？怎知母亲很轻松地说，乡下谁不是这样干活？听她这样说，我又多了几分心疼。

我很认真地告诉她第二天的衣服让我来洗。

母亲这次答应得很爽快，然后不忘记提醒我，有空帮她贴对联。我的心里突然酸酸的，什么叫帮呢？

除夕的饭菜一定是一年中最丰盛、最隆重的。为此，母亲没少费精力。杀鸡、杀鱼、磨豆腐、炒鱿鱼、煲汤等，母亲忙得不亦乐乎。

吃饭的时候，我看着满桌子的菜，想起母亲一整天几乎没有休息，心里涌过一丝难言的疼。这么难得的假期，回到家是最轻松自由的，但是在这轻松自由中，母亲在默默地、毫无保留地付出一切。母亲觉得我们在外面伙食可能不是很好，就变着法儿做好吃的给我们，我们想吃什么，就做什么。

想着母亲一天到晚忙个不停，年初一的中午，我特地提前准备午餐，考虑到回来的这些日子都是大鱼大肉，于是我煲了粥以求清淡些。母亲是何等的开心啊，她的脸上挂着欣慰的笑容。她在餐桌前不停地夸我："我闺女弄的粥真不错啊。我都已经很少喝粥了，可觉得今天的还可以，吃清淡些，总不该天天都是肉。"

我做了什么呢？我只不过用了一点时间煲粥，母亲已经满足成这样。

突然我觉得有点悲哀又有点难过。母亲长年累月忙不停，她的身体吃得消吗？

想想，你从什么时候开始懂你父母的不容易的？他们是否也如我的母亲一样，为了让你的休假生活舒适忙前又忙后，一刻都不停歇？过年放假回家，找同学聊天南海北，探望许久未见的朋友，而你是否有时间停下来，陪陪他们——你的父母，懂他们的不容易？

从现在开始，多点时间回家看看吧，哪怕只是简单地陪陪父母，我相信，他们都会觉得很幸福、很快乐。

父爱如山

一直以来，父亲都用他坚强的身躯支撑着整个家庭。他小时候就失去了双亲，家里有年迈的祖母要照顾。以致他很早就辍学在家，接过本不属于他那个年龄该承受的生活担子。他成婚后陆续有了我们子女四个，家庭的开支增加，他身上的责任就又更多了。

这一天，雨下得特别大。天还没有完全亮，村里的人也都还没有起来。在清晨第一声鸡叫时，父亲就要上街卖面包了。母亲一边帮父亲收拾着出门的东西，一边念叨着："我说今天天气不好，要不就休息一天吧！"父亲看着母亲，特别严肃地说："这哪成呢？再说了，孩子们的学费还没有着落呢。"母亲争不过父亲，只好任由他去。

从家门前到村口是一段坑坑洼洼的黄泥路，多年未修。父亲骑着自行车，每前进一步自行车就会颠簸一下。他的身子微微前倾，小心翼翼地扶着自行车，生怕一不留神，一个颠簸就把箩筐里的面包撒在地上。

他用粗糙的双手扶着自行车的把手，疲惫、布满血丝的双眼很认真地看着前方的路。雨越下越大，天地间灰蒙蒙的一片，父亲扶着自行车，没走多远，大雨就把他背后的衣服打湿了，湿淋淋地贴在背上，很快雨水也淋在他身体的每一处。父亲顾不上这些，只想着还没有凑够的学费。他用力地蹬着自行车前进。

雨天，出来逛街的人也少。街上冷冷清清的，很久也未见一个行人。父亲在摊位前吆喝着，盼着前来买面包的顾客。他左等右等，直到晚上10点多才终于把面包卖完了。父亲很欣慰，他收拾了东西准备回家。可偏偏自行车坏了，不能骑。父亲只好握着自行车把慢慢走。路边房屋的灯渐渐灭了，四周是安静的，只剩下路灯与父亲做伴。昏黄的路灯映衬着父亲单薄的身影，他艰难地前行着。原本已是筋疲力尽的他，在公路上坡的时候，用尽全身的力量推着自行车往前走。因为稍微一不小心，自行车就会往后退。

记不清楚那晚父亲是怎么回到家的。我只记得，父亲回到家已经是凌晨了。父亲的身影渐渐地近了，在家门口我帮父亲卸下自行车上的担子。想着在雨中忙碌一天的父亲，我的鼻子一酸，眼泪突然就下来了。

父亲就这样，多年来从没有休息的时间，每天去街上卖面包赚钱养家，即使生病也不愿意停歇。父亲用自己的勤劳扛起了生活的重担，不但补贴了家用，还让我们四个子女都接受了应有的教育。

那时，我们家有六口人，按政策分到田地的只有四口人。每年交公粮后，剩下我们自己吃的粮食就远远不够了，父亲想到了去很远的地方种田。那是一块离家三十多里远的荒地，那里荒无人烟，长满杂草。父亲带着开荒用的工具，翻过一座一座的山来到那块荒地。他先是用镰刀砍掉大些的灌木，然后割掉荆棘，再用大火烧掉杂草，用锄头把每一块土锄松。不久，他又在田里筑起田埂，做了一道道小沟渠。最后他去附近的地方找了水源，砍了竹子把水引到田里去，把荒地上的土润湿。经过几个月的辛苦劳动，这块荒地彻底被父亲改造成了可以种粮食的水田。春天的时候，父亲买了谷种在这块荒地上撒下。又经过父亲的精心照料，那些小禾苗长出了饱满的谷子。从那以后，父亲开辟的水田，一年两季，产出的粮食从根本上解决了我们缺少粮食的困难。我们不再过饥肠辘辘的日子了。

一向乐观的父亲，即使在家里最难的时候，也并未丧失对生活的信心。他常跟我讲生活即使再难，只要不放弃就会有转机。他的话我一直记得。我知道他也是这么做的。这么多年，他拼尽全力为我们撑起一片天，也给了我们一个温暖、幸福的家。父亲是我们的顶梁柱，也是我心中永远的骄傲。

你能陪陪我吗

　　父亲摔倒在田里，当我火急火燎赶到的时候，父亲和父亲的轮椅都陷入了田里的泥潭里。轮椅在田里倾斜着，父亲很狼狈。他的衣服溅了很多泥水，中风后不能自由活动的左手紧紧地蜷缩着。他身体哆嗦着，战战兢兢地就是不敢往前走一小步。我伸出双手尝试把他从田里拉上来，怎知，他的身体颤抖得更厉害了，只听见他跟我说："我的这只能动的脚，已经麻了，动不了。"父亲示意了一下他那可以自由活动的脚，又看了看另外一只本身活动不便的脚，显出很无奈的样子。

　　最后我费了很大的劲，才把父亲从田里拉了上来。看着此刻狼狈的他，我不免有些心疼，却也不忘责怪他如此不小心，责怪他远离我的视线私自出来让我着急担心。我跟他说："你说你，我说多少遍了，一个人千万不能走远，为什么不听呢？要是因为走远摔倒了没有人发现而引起中风复发的话，你说如何是好？"父亲像做错事的小孩儿，压低了声音，有点难为情地说："我闷得慌就想到马路上走走，这路上经常有村里的人经过，可以陪我聊聊天儿。"他见我不说话，又加了一句："我哪里知道，我在轮椅上坐着，轮椅会突然失灵，一下就从马路上翻到田里去了呢！"听了父亲的这些话，我的心里掠过莫名的忧伤与愧疚，这让我想起不久前母亲说的话来。那时，母亲跟我说父亲一个人待在家里，太无聊，太寂寞，他常常趁人不注意的时候，走到马路上去，见谁就跟谁瞎聊几句，聊完特别高兴。

也就从那时候开始，我才发觉，父亲老了，也开始要依赖人了。他是如此孤单，如此需要有人陪伴。

这多像小时候的我呀！因为发育比较晚，3岁才会走路。那时候的我，跟村里的小孩儿比较，总多了一些自卑。是父亲用他耐心的陪伴，让我有了一段开心、快乐的童年时光。那时的我，刚学会说话，每天"爸爸，爸爸"叫着，不知道叫多少遍，叫到他干活儿的时候应不过来。那时候的我对万事万物都很好奇，父亲走到哪里我跟到哪里。父亲去做瓦，去田里，去地里干活儿，我都跟着去。总之，是不愿意离开父亲的，我每天缠着父亲问"为什么"，很多时候，一个问题问不止一遍。那时候的我也经常让父亲讲故事，喜欢听的故事，父亲讲了一遍又一遍。

小时候的我，对父亲是如此的依赖。父亲从未对我有过不耐烦的时候，即使他再忙，也忘不了及时回应我。而随着年岁渐长，我们的角色已经调换过来了。现阶段，更需要陪伴的是父亲。他的孤单，那种需要人陪伴的感觉像极了我小的时候。哪怕有人耐心地陪他说说话，他也会觉得很幸福。只可惜，我并未像我小时候父亲待我那般去回馈他。

我隔半年回一趟家。我原本有很多的时间，可都被我任性地挥霍了。那次回去，许久未见的兄弟叫我出去聚聚，我早上出门，回去已经是下午了。还有一次，我一个人上山，看云、看树、看鸟，耗费了一个下午，只为拍一个好看的视频发到朋友圈里看可以得到多少人点赞，却把父亲一个人扔在家门前落寞地发呆。我有很多的时间去跟别人相处，跟朋友尽兴地聊天，甚至看朋友圈的动态，看小视频……可就是没有时间，好好地陪伴真正需要我去关心的父亲。我，到底是怎样的一个我呀！又想起小时候父亲陪伴我的情形。我心里更添愧疚。

这时候的父亲，在我身边缓慢地走着，往回家的方向。他并未察觉我的异样，就像从来没有发生过摔倒的事情一样。只听他非常平静地说："没事了，你有事就去忙吧！我可以自己回去的。"

即将落山的太阳的光辉洒在父亲身上，他的头发是白的，腰是弯的，不知不觉中，父亲老了，比以前更老了。不知道为何，我的鼻子突然酸了。我在他耳旁轻轻地说："回家先冲个热水澡，把这脏衣服换了。然后我陪你好好唠嗑儿！"

父亲欣喜起来，嘴角微微动了一下。是的，我看见父亲笑了，那是久违的笑容。

父亲是手艺人

一直以来，我家的二楼有一台缝纫机。

我家住进新房子后，父亲专门腾出一个房间用来放置书架。我习惯称它为书房，书房的中间就放着那台缝纫机。缝纫机买来已经很多年了，很重，父亲费了九牛二虎之力才把它弄上二楼的。那是一台五羊牌的缝纫机。那个年代，五羊牌是一种质量保证。

父亲拥有很多手艺，没有买缝纫机之前，他是一个木匠。他还会做瓦，有时候会去有钱人家烧瓦挣钱补贴家用。后来有了缝纫机，父亲开始减少出去干烧瓦的活儿，转为在家里学做衣服。现在家里的书架上还整齐地摆放着父亲之前做衣服用的书。父亲是个很聪明的人，很多东西一学就会。比如做衣服，在那个年代，父亲用几毛钱买来做服装的书，对照着就能做出许多漂亮的衣服来。中山装是父亲最擅长做的，它有4个口袋，端庄又大气。每到过年，村里那些经济条件好一点的人家，都会请父亲给家里的老人做一身中山装。

从设计图案到衣服成型，父亲一个人无师自通。父亲常跟我说他要是能多读一点书就好了，人生就会有很大的不一样。除了中山装，父亲还会做一些裙子及其他一些夏装。总之，父亲在那个时代称得上半个服装师了。那台缝纫机成了父亲做衣服的工具。父亲也非常珍惜缝纫机，不许我们去碰，时不时要给缝纫机涂上一点机油，起到保护作用。

那台父亲钟爱的缝纫机就这样陪伴父亲做了很多的衣服。父亲把做好的衣服拿去卖钱，在很大程度上增加了家庭的收入。

从我8岁那年起，父亲做的衣服销售不景气，因为家乡的镇上已经陆续有了一些服装店，款式与花样更多更好看。于是，父亲便不再坚持做衣服了。父亲改行，自己学做面包。这面包一做，就是20多年，直到他中风。

不过，那台缝纫机仍旧是父亲最珍视的。下雨天在家闲来无事，父亲会跟我讲缝纫机曾经陪伴父亲做衣服的那些年。父亲叫我好好珍惜，不能把它扔掉。父亲又常讲："唉，我以前都是自己学的做衣服，只可惜没有人能传承下去。"在父亲眼里，不管现在的衣服款式有多好，都比不上自己做的衣服好。因为自己做的衣服，尺寸等各方面都完全合了自己的心意。重要的是，自己做出来的衣服，给人的成就感更强。

父亲常为他的手艺失传而觉得有点失落。平常在家里，父亲也喜欢教我做衣服，可我学了很久也没有学会，我想这大概跟人的悟性有关。

父亲跟缝纫机都渐渐老了。从前的父亲从穿针到裁剪，到做衣服，一气呵成。后来他视力下降，连缝纫机上的线也看不清了。而那台他非常钟爱的缝纫机，因为太久没有用也丧失了缝纫功能。即便这样，父亲还是不舍得把它扔掉。父亲把它放在二楼的书房里，让它与岁月一起慢慢变老。

随着时代的进步，现在还有多少家庭用缝纫机做衣服呢？很少了，连缝纫机都很少见了。我真怀念父亲用缝纫机给我做新衣服的美好时光啊！

为我摘柿子的父亲

那是很久以前的事情了。放假我回了老家。我上楼的时候，无意间瞧见了屋后的柿子树，那些饱满的柿子如同一个个胖娃娃，蹲在树上等着主人把它们领回家。我随口就说了一句："家里的柿子格外好吃，只可惜现在已经很少吃了。"是啊，生活条件渐渐好转，街上有新鲜的水果，谁还惦记自家种的果子呢？更何况费时又费力。当时父亲刚吃过午餐，准备午休。他听我这样说，轻轻地"哦"了一声，再没说什么。

我却没有想到，行动不便的父亲为了我会亲自去摘柿子。父亲望着那满树的柿子，苍老的脸上浮现出欣慰的笑容。他记得我说过的话，我喜欢吃柿子。父亲中风后，康复效果不是很好，他的四肢活动起来不是很自如，其中一只手和一只脚是没有力气的。可父亲不在乎，他拿着一支长长的竹篙，带上一个水桶，一步一步挪到柿子树下。柿子树高高的，长在屋后的一个小土坡上，他爬不上去，只好把身体靠在小土坡上，那只行动自如的手拿竹篙把柿子打在地上，然后再捡起来放在桶里。

父亲为了我千辛万苦地去摘屋后的柿子。不，不是摘，准确讲，应该是用竹篙把柿子打下来。当我看到水桶里装满的柿子时，我的心里很不是滋味。我不经意说的话，父亲就记住了，而我却很少有时间，静下心来了解年迈的父亲，包括他的孤独，他的寂寞。

不记得从什么时候开始，我很少与父亲交流，回家后多数时间彼此都是沉默的。很多次，我看见父亲一个人非常落寞地坐在家门前，看着远处。我回到广州，也很少打电话给父亲。总觉得跟父亲没有话题聊，要么就是他的唠叨很快引起我的不适，让我觉得没有动力与他聊天儿。等到我给家里打电话时，如果是父亲接电话，他就会有点受宠若惊的感觉。他在电话里会特别客气地问我，工作是否顺利，生活是否顺心。而我，多数的时候都是淡淡地回"一切都好"。父亲便不再说什么，以怕打扰我为由，匆忙就挂电话了。

如果不是因为摘柿子的事情，我永远都不会知道那个不善言辞、不懂跟子女表达关爱的父亲，其实一直在默默地关心着我。他也牢牢地记着我的喜好。我很小的时候，喜欢吃一种野果子，父亲干活儿回来便总会带野果子回来。那时候，见到那些野果子的我，整个脸上都跳跃着欢喜。

此时，我的心被一种愧疚感侵袭着。我想好了，以后一定争取多回家，多抽时间陪陪父亲，不让他那么孤单了。

有人等你回家

在这个纷繁的人世间，有人等你回家，一定是件幸福的事情。

平常安静的村里因为过年，突然热闹了许多。村民们把家里的鞭炮拿出来挂在屋门前，很快，整个村子都被鞭炮声淹没了。可热闹是他们的，我的母亲却坐立不安。她拿着手电筒站在二楼的窗台前看着外面出神。其实她并不是看烟花，而是在看弟弟的身影什么时候出现。弟弟腊月二十九这天回家，他自己开夜车回来，这消息他很早就告诉了母亲。母亲知道他有时间回家过年很开心，跟他说他能回来过年就好，其他的事情不用他操心。

外面夜空里的鞭炮声依旧响着，村里那些回家过年的人大都回来了，可弟弟还没到家。我的母亲更加坐立不安起来。家门口突然响起了车子的喇叭声，母亲听到喇叭声，特别激动，打开手电筒立刻"咚咚"下楼去了。等她下了楼，走出家门口细看，才发现回来的不是弟弟，是邻居家的孩子。母亲看此情形，脸上显出一种难言的表情。她心里大概在想，此刻回来的要是弟弟该多好。

时间过得真慢啊，等待的心情总是很煎熬。家门口稍微有点动静，母亲便从二楼起身冲了下去，看是不是弟弟回来了。我心里有些难受与不忍，劝她说："你先去休息吧，弟弟不知道几点到家。"母亲不愿意，坚持说要等到他回来再休息。我提议，给弟弟打个电话问他大概几点可以到家。母亲却很快跟我急了，她说："你千万别打电话给他，他本身开夜车，你一打电话他可能就分神了，要是出了什么事该如何是好？"我终究拗不过母亲，只好随了她，也在客厅里陪着她等弟弟回来。

天完全黑了，热闹在减弱，村里那些放鞭炮的人，大概也回去休息了，只留下天地间一片宁静。凌晨时分，车子的喇叭声越来越近，我们猜应该是弟弟回来了。母亲快速跑出去，果然看见了风尘仆仆的弟弟。只听见母亲欢喜地说："累坏了吧，我马上去热饭菜。"其实，在弟弟回来之前，饭菜已经被母亲热过好几次了。弟弟笑着说不累，就是路上有点塞车，所以到家的时间晚了一点。母亲乐呵呵地笑着，说到了就好，便开心地跑去帮弟弟把车里的东西拿下来。此刻的我，很想跟弟弟说，母亲为了等他，整整一晚上心神不宁，希望他早点到家，也想知道他到哪里了，可是不敢打电话催促，只为不让他分神。不过我终究没有跟弟弟说，我猜他应该能体会到这些。

我在门口看着他们说说笑笑，几乎在一瞬间，也让我想起上次我回家的场景来。

母亲提前接到了我回老家的电话，在电话里，我可以感受到她愉悦的心情。她跟我说，她会做好饭菜等着我回来。我当时没有认真地记她的话，而且途中又遇到大塞车。我在车上睡觉的时候，顺手就把手机关机了。母亲想知道我到了哪里，她给我打了很多个电话，可总是提示关机。她的心里很不安，以为我出了事，只恨不得立刻就去找我。当我好不容易回到家的时候，在家门前等我的母亲，困得差点要睡着了。看到她，我心里不免有些愧疚。要是我不关手机，母亲也就不用这么担心了。而母亲没有责怪我，说我平安回来就好。

我想，将来有一天，在故乡，我的家门前没有等我回家的人时，我的心会空落成什么样呢？此时的天空，繁星点点，那么安静，那么恬美。我知道，当下最珍贵。

守候

　　故乡有一株扁豆，长在一个很不起眼的地方。它旁边是一堵黄泥墙，从前黄泥墙是一个猪栏，那猪栏经久未用逐渐成了废墟。黄泥墙的旁边是一个老得不能再老的炮台，炮台的墙壁上布满岁月的斑痕。只见扁豆碧绿的叶子连着藤蔓，扁豆花点缀在周围，饱满的扁豆一串一串，一路沿着猪栏，沿着又老又旧的炮台不管不顾、蓬勃地长着。细细地看，那开着的扁豆花像一只只跳跃着的蝴蝶。

　　我记得这扁豆的主人是王叔。这扁豆与王叔一家，是有深厚的渊源的。那是几十年前的事情了，当时物资严重缺乏。王叔的子女又多，吃饭的时候，餐桌上的菜成了一个难题。就在他们没有菜下饭的时候，家门前的扁豆曾经解过他们的燃眉之急。他们摘了扁豆洗干净，加一点蒜蓉清炒，锅里冒着香，困苦的生活不再困苦，甚至有了一点盼头儿。他们一家对扁豆始终有一份特殊的感情。特别是王叔的儿子，虽然常年居住在城里，吃过很多美食，可他最惦记的还是家乡的那一盘清炒扁豆。

每年家乡扁豆成熟的时节，王叔的儿子总会带上家人回村里住上一些时日。平常王叔总板着一张阴沉沉的脸，可这时候的王叔，脸上却多了几分柔和与亲切，笑眯眯的，就像变了一个人。王叔的孙子乖巧，见到王叔，总会甜甜地、一遍又一遍地叫："阿公，阿公。"王叔欣慰地看着眼前的小孩儿，用粗糙的双手摸摸小孩儿的脑袋，嘴里一个劲地夸："乖乖，乖乖，很听话的小孩儿。"小孩儿你追我，我追你，笑着沉浸在玩耍的欢乐里。这个时候的王叔也是最忙碌的，恨不得把家里所有好吃的都拿出来。他挽起裤脚去池塘捕鱼，上来的时候，必定还要摘一篮子扁豆回去炒。

阳光暖暖地照着，王叔与儿子在扁豆旁有一搭没一搭地聊着。空气里弥漫着温馨、幸福的气息。王叔拿着篮子放在扁豆架子上，他倚靠在边上，一个一个，挑最好的扁豆摘。王叔爱孩子的心意全在那扁豆里了。那扁豆就像一条条很听话的小鱼跳跃着进了菜篮子。扁豆花开得正好，一撮一撮地围绕在王叔的身边，突然间，我觉得这时候王叔是幸福的人。时间似乎过得很慢，王叔与王叔的儿子有充足的时间慢慢唠嗑儿，气氛是那么的融洽，那么温馨。

过了很多年，王叔的身体出了问题，极少生病的他，突然就病了，去医院检查才知道已经是癌症晚期，心灰意冷的王叔不想花钱，于是放弃了治疗。不久后，那个每年在家门口看着扁豆，盼着孩子归来团聚的王叔，永远地去了。

时光就这样悄无声息地流逝着，又是一年扁豆成熟的时节，王叔家门前的扁豆在风中轻轻摇曳。那扁豆依旧蓬蓬勃勃地生长着，热热闹闹的，很像是在守着往日时光里王叔与家人团聚的欢乐，更像是在守候王叔在外漂泊的儿子归来。

请你原谅我

记得小时候，我没少欺负我弟。主要是仗着我的学习成绩比他好，所以心里有了天然的优越感。甚至因为自己的霸道和武断，曾经深深地伤害了弟弟。

那是很久以前的事情了。那时候我读三年级，要期末考试了，比我小一岁还在读二年级的弟弟跟妈妈说周三他们班考试。那时候，妈妈不知道在忙什么，听了他的话表示知道了。站在一旁的我说："不是周三，是周四。你跟我同一天考试。放学的时候我都听老师说了，三年级与二年级都是周四考试。"他据理力争，很坚定地说："可是我明明记得老师说是周三考试。"我也很坚定地说："我也听清楚了是周四考试，跟我同一天。"

于是我们就关于哪一天考试展开了剧烈的争论。争论了十几分钟后，妈妈跟他说："你平常读书也没有你姐认真，这次肯定是你没有听清楚老师的话。你就听你姐的，跟她同一天去考试。"他不再争论，最后默认了我与妈妈的观点，同意跟我同一天去考试。

周三那天，放学后同村一个跟弟弟同班的小孩儿见到我，问我："怎么今天没有见到你弟弟去考试呢？"我以为听错了，反问他："不是周四考试吗？"那小孩说："是周三，今天我们老师一直说你弟弟怎么没有来，都已经考了一科了，老师还在路口望你弟弟，看他什么时候来呢！"

听到小孩儿这样说，我的脑海里浮现出弟弟的老师在路口张望的情形。那时候的乡下，家里还没有电话，老师也不知道怎么联系。从学校到家要经过一条弯弯曲曲的山路，老师就在路口张望。那时我的心滴血般难受。因为我的武断，更因为我的霸道，我野蛮地让弟弟错失了一次重要的期末考试。不记得后来我是怎么把这件事告诉我弟弟的，也不记得他当时的表情了，只记得他当时没有说话。

从那时开始，我明白了一个道理，那就是：在没有搞清楚真相之前，千万不要凭自己的直觉武断地下结论。虽然在那件事上我弟弟没怎么责怪我，可我一想起那件事，就愧疚不已。而更让我愧疚的是，不管如何，他还是用一颗善良的心包容了我这个不讲道理的姐姐。

我弟弟的兴趣不在读书上，他很早就结束学业去工作了。他工作的那一年，我还在镇上念高中。无意中我说了一句想买一块手表方便看时间。那时候他在家乡一间很简陋的小作坊上班，起早贪黑地忙碌着。有次周五回家，我看到我房间的书桌上放着一块特别好看的手表，妈妈跟我说是弟弟买给我的，他叫我要好好读书。

听完妈妈的话，我有一种想哭的冲动。有了考试的那件事，我一直以为我的弟弟在心里无法原谅我，但是其实他早已经用宽广的胸怀包容了我这个任性的姐姐。

爱的奇迹

　　那是一个很平常的下午，在医院的病房里，我看到了她情绪完全失控的情形。

　　只见她，双手用力抓着光亮的脑袋，歇斯底里地喊："我真的受不了，真的受不了了。"那时候她刚做完化疗，头发全部掉光了，头皮发痒，痒到无法承受。刚好他买了饭回来，只见他扑到病床前一把抓住她的手说："别抓了，行吗？求求你，再抓就出血了！"她的双手被他紧紧拽着，丝毫动弹不得。她带着抱怨的情绪说道："我都说不治了嘛，你偏说治，都说治不好的。"只听见他轻轻地安慰她："会好起来的，再试试行吗？"或许是他的安慰起了作用，她慢慢安静了下来。他松开了她的双手，紧紧拥着她。那时，我看到了他流泪的脸。

　　我才知道，原来她得的是脑癌，且是晚期。他们已辗转过几家医院，医生说没有治疗的必要。可他不愿相信，把她送到这家医院，日夜守在病床前贴心照顾她。他的辛苦大家都看在眼里。病房里的病友们都说，他是个难得的好人。丈母娘体谅他的辛苦，曾劝他，如果他选择放弃，家里没有人会怪他，可他说什么也不愿意放弃。

他有时给她讲故事，讲笑话。故事很无趣，笑话很乏味，她笑的次数始终很少。病痛的折磨，使她整个人像蔫了的花朵。偶尔，她听见他说了什么，会笑一下。他看见她笑的时候，脸上的笑容会很自然地浮现。他喂她吃饭，吃饭之前先给她脖子上围一条帕子，生怕把她的衣服弄脏了。她却不让他省心，有时赌气不吃饭，有时又说没有胃口，这让他很费脑筋。他一小勺一小勺地喂她，她好不容易吃一口，他脸上就多了温柔的笑意。等她吃完饭的时候，他用纸巾帮她拭去嘴角的残渣。一举一动都有浓浓的爱意。在我看来，她是一个幸福的人，她虽然病着，可有日日如此尽心照顾她的爱人陪着，也是患难中的幸福了。

日子照常，他依旧陪在她的身边，每天关怀备至。喂饭，擦嘴，讲故事，讲笑话，逗她开心。只是她依旧很少笑，依旧沉浸在被病痛折磨的哀伤里。不时新住进来的病友问他："她得的是什么病？"他会很平淡地说："脑癌，晚期。"通常问的那个人，都会带有唏嘘怜悯的表情。他好像看不见，坚定地说："不过，我相信会好的。"

后来，不知道她是从什么时候开始好转的。我只记得，她的气色一点一点地好转了。从前她那惨白的脸，竟然出现了一丝红润。她笑的次数也多起来，有时会发出银铃般的笑声。她的脸上，有了前所未有的神采。在病房里，不再是他一个人使劲说话，逗她开心，她也会搭一些话，可淡淡的话里已经多了一些愉悦。她的情绪也变得稳定多了。她不再嚷着说治疗没有用，而是变得特别听话，特别配合医生的检查与治疗了。

我离开了医院后也没有了他们的消息。一个周末，我辗转从一个熟人那里得知，他已经带着她出院了。据主治医生说，她的好转概率在临床医学上不到1%，算得上是个奇迹！虽然我不知道他得知这一消息的真实表情，但是我可以想象他表情里的欢喜。他脸上的笑容，一定如美丽的花朵，在春日的阳光下幸福地绽放。

　　想起他曾经坚定地相信，她一定会好起来。如今，她真的好了。我想，他们彼此相依，彼此相扶，携手走过人生的苦难，这应该就是爱的奇迹。

第三辑　时光深处

风雨峡谷行

在我看来，旅行的意义并不在于看到的风景有多独特，有多漂亮。更重要的是一个人通过旅行可以拓宽视野，增长对这个世间的见识。甚至通过旅行，一个人对生命会有不一样的认识和感知。

这让我想起从前去广东大峡谷的经历来。据说大峡谷长达 15 千米，谷深 300 多米，有 1000 年的历史了。因为我从来没有见过大峡谷，所以怀着一颗好奇的心，报名参加了去广东大峡谷的活动。

一路都是郁郁葱葱的树木，我们慢慢走着，山里清新的气息扑面而来。不时见到在林间穿越的鸟儿，它们正唱着欢快的歌曲。在山里听到最多的是水流的声音，这让我心潮澎湃。我们一路欢声笑语，突然，天地间刮了一阵猛烈的风。又过一会儿，下起了大雨，到处都是雾气腾腾。听到有人说这是台风时，我的心紧张起来了。想来，又是下雨又是台风，在山上肯定非常危险。还没等我反应过来，天际间的雨越下越大了，周围响着呼呼的风声，连身边的队友也看不到了。一切笼罩在雾气与雨水之中。更不凑巧的是，我的眼镜被风吹走了。看不清路的我，心中更添紧张与害怕。我知道左边是没有栏杆围着的峡谷，万一掉下去就真的一命呜呼了。

我越想越害怕，紧张得我大哭起来。我也忘记了该如何往前走。就在我被慌乱、恐惧笼罩时，走在我后面的两个队友用双手拉着我一步一步往前走。就这样，三个人手拉手走了将近 40 分钟，狂风暴雨才渐渐减小。我们松开手，静下心来走。快走到山顶的时候，突然天际间出现了一道漂亮的彩虹。这让我一时忘记了之前路程中的担忧与害怕。我拿出手机对着天空拍下这令人惊艳的一切。

休息了半个小时，我们坐上返程的车回广州。车在高速路上行驶着，我正闭目养神的时候听到有人喊："快看！"于是我睁眼看窗外的天空，那是气势蓬勃的火烧云，美得无与伦比。

回到广州的时候已经 9 点多了。如果不是这次旅行，我大概不会知道，生命是如此的珍贵。我第一次亲身体会到，活着是多么美好的一件事。我记得自己当时在狂风暴雨里看不清路的恐慌，还有平安走出山谷后见到那一道绚丽彩虹时的欢呼雀跃。经历了这次惊险，我更懂得生命的意义是什么，也许从小观念里的"活在当下，珍惜生命"，都比不上这次的经历让我难以忘怀。

登山看杜鹃

一直以来，我都有一个计划，那就是可以邂逅一场杜鹃花的盛开。

广州虽说是花城，但是杜鹃花却不常见。在离市区 200 多千米的一个偏远山村，有一座海拔 1400 米的山，山顶长有大批野生杜鹃。每年 2 月，那里的杜鹃花开始盛开。待到清明前后，杜鹃花开得极为灿烂，呈漫山火红蔓延之势，如通红的蜡烛直通苍穹。因此，这座山被当地人称为"通天蜡烛山"，每年吸引大批的游客前往观赏。

我对此美景青睐已久，今年春天，终于有机会一睹其芳容。那日，天气晴朗，我和小伙伴们坐上大巴，3 个小时后，来到杜鹃花山所在的那个小山村。

到了村口，我们下车开始步行。村道是平坦的，刚建好的水泥路并不难走，只是有些弯曲。顺着河流，沿着农屋，曲折穿过农田，村庄。村庄较狭长，我们大约走了半小时才走完。走出村子，开始是一段土坯路。土坯路刚开始还算平坦，有些路段有些泥泞，但并不难走，半个小时后，坡度开始陡起来。

又走了约半个小时，迎来了非常崎岖陡峭的山路。由于刚下过雨，地上是湿的，很滑，鞋子沾满了泥土，我感觉脚下有千斤重。大家走走停停，在艰难地前行着。而我，许是有一阵子没有锻炼的原因，刚上坡没多久，就已经上气不接下气了。走在我旁边的是队长，他看我很累，就安慰我："要不休息一下，喝点水再继续走？"听了他的话，我从书包里掏出矿泉水喝起来。休息了大概5分钟，我重新整理情绪，继续向山里前进。

就这样深一脚浅一脚地走着，一不留神，我的左脚狠狠地滑了下去。伴随着身边队友的一声惊呼，我重重地摔了一跤。左手臂上沾了一些泥土，我擦了后看见破皮的地方渗出血了。队长看见了，对我说："要是实在没有体力上去，你可以不用上去，反正我们的队伍等会儿是原路返回的。你可以就在这里等我们，等我们一起下山。"我问队长："那我是不是看不到杜鹃花了？"队长说："是啊，杜鹃花在山顶，离这里还有好一段距离，少说也还要走两个小时。"

听到他这样说，我的心里掠过一阵惋惜：我大老远来这里，不就是想看杜鹃花吗？如果这个时候放弃了，岂不是辜负了初衷？突然，我不服输的劲儿上来了。走，继续走，再累也要坚持下去。

就这样，我慢慢走着。很多队友也已筋疲力尽，有的在树下喘着粗气，有的满脸通红，嘴里叨叨着："要是知道爬山这么累，我绝对不会来的。"

我的脑海里一直闪现着漫山的杜鹃花。我走累了，就停下来歇息几分钟，喝点水，继续走。虽然走得很艰辛，走得也很慢，但想着可以看到杜鹃花，我又有了动力。

下午3点左右，可以隐隐地看到山顶了，也可以看见零星的杜鹃花了。这时候，队长跟我说："加油，已经快到山顶了。杜鹃花全在山顶呢。"当我听到不久就可以看到满山的杜鹃花，我便忘记了前面的摔跤，更忘记了先前的苦与累，只觉得胜利的曙光马上就在眼前。我跟着大队伍，保持匀速前进。4点的时候，我终于到了山顶。

我心心念念的杜鹃花，就像一个个妙龄女子，在众人面前大方热情地展现自己优美的身姿。花朵点缀着碧绿的叶子，很是好看。有的花朵开了，娇艳动人；有的花朵半开着，露出了娇羞的面容，有点像待嫁的女子。山顶掠过一阵凉爽的风，杜鹃花跳起欢快的舞蹈。此时，风轻轻地、柔柔地吹过我的心田，也让我忘记了疲惫。

天色慢慢暗下来，我们开始下山。由于上山费了太多体力，下山依然困难重重。坡陡、路滑、碎石丛生，一不小心就会摔倒，就这样一路跌跌撞撞，摔了十几跤，我们终于走到了山脚下。

这是一次难忘的爬山经历，其中的辛苦也许只有自己知道。特别是上山的时候，我险些撑不下去。可又庆幸自己坚持下去了。因为坚持下去，我才可以看到山顶那些烂漫的杜鹃花。这次经历告诉我，一个人心中有目标，不管路途有多遥远，不管过程有多艰辛，只要不放弃，一直走下去，就能走到目的地。我希望，人生的路我也可以这样坚定地走下去。

清风与你拥抱

很久以前，有一个喜欢户外的小伙伴跟我说，黄姚古镇是他最喜欢的一个地方，因为那里很恬静很悠闲。听他说了之后，我有点期待。后来我查了相关资料，对黄姚古镇更增添了新的期待和向往。

择日不如撞日，在 2017 年的大年初一，我收拾了行李，与朋友去了黄姚古镇。

我们到达的时候已是晚上 12 点多，但是附近仍然可以看见闲逛的人们，小商贩们也还在忙碌着。我们在古镇上慢慢走着，想把古镇的一切尽收眼底。那时的我，如一缕春风，带着长期积攒的好奇、向往与期待走向黄姚。而黄姚亦是这样，对我这个从远方来的孩子展现了它百分百的热情和温暖。我好像躺在它安静的怀里，自由地在古镇上行走。我又好像是一个新生宝宝，睁大眼睛好奇地打量着古镇的每一个角落，不带一丝一毫的疲倦和困顿。

夜幕早已经笼罩了这个有特色的古镇。来来往往不嫌累的游人从我身边走过，朦胧又有色调的灯光下，游人的影子被拉得很长很长。我想，他们来这里是否和我一样，为寻找与感受心中向往的那份恬静与悠闲？

因为是新年，很多人在河边放孔明灯。他们把孔明灯放进河里，又低声说着什么，大概是在祝福或许愿吧！他们许什么愿望呢？身体健康、顺遂如意、婚姻幸福、家庭和睦？我想每个人的愿望都是不一样的，有的祈求新的一年顺利，有的祈求家人平安喜乐，有的祈求晋升加薪……

河边有一棵很大的榕树，榕树下聚集了很多人，他们正在悠闲地聊天。周围有很多人在吃夜宵，一阵清风掠过，他们的欢声笑语飘荡在周围。

这时的你，可以选择坐船游玩，观赏古镇的夜景。全程游玩大概20分钟，船在河面缓缓行驶，抬头望天，星星闪烁，甚是美妙。

让我印象深刻的是这里的特产。那些特产多到我叫不出名字来，看得我眼花缭乱。当地的人们喜欢用各种精致的大瓶子、大罐子装着，有萝卜干、笋干、豆角干……我站在店门口看，热情的老板从店里走出来，拿出一碟子好吃的让我品尝，说吃过觉得满意才购买。

古镇里的很多客栈非常有韵味。它们外表看起来有些陈旧，但是几乎都用非常有格调的花草点缀着门面。我们住的客栈是木结构的。走廊里摆满了当季清新、温暖的花，走在楼道里花香扑鼻而来。上楼的时候如果脚步重点，就会听到"咚咚"的响声，别有一番乐趣。

打开客栈的窗户，映入眼帘的是对面客栈顶楼上种着的各种娇艳的花草，在这安静的时光里自由地绽放着。这些花没有精美的花盆，有的甚至是用废弃的塑料瓶装着，但并不妨碍这些花儿开放的热情。

客栈的一楼，收银台前，年轻的老板娘在悠闲地打着毛线。她的旁边趴着一只浅灰色的猫，眯着眼，熟睡着，即使有人走过，也惊不起它任何反应。看样子，它是在甜甜地做美梦呢！

这里的饭店门面大都用简单的木头制作而成，里面有各种酒坛装着泡好的酒，只可惜我对酒过敏不能亲自品尝。有一家店的豆豉炒鸡肉甚是一绝，色香味俱全，还加了一些洋葱，吃起来鲜脆可口。我们去的时候已经没有空位了，老板只好在店门前的大树下摆了一张四方桌子给我们，但这丝毫不影响我们对美食的兴趣与热情。

途中，我偶遇一只非常可爱的狗。它全身雪白，眼睛里的光通透明亮，安静地蹲坐在客栈门前，耷拉着脑袋。对于门前来来往往的游人，它没有一丝的怕生，甚是悠然。

从黄姚回来已经有一段时间了，我依旧会时不时想起黄姚。我羡慕那里非常悠闲的人们，怀念那里缓慢的生活节奏。在那里，人的内心就如一条慢慢流淌的小河，情绪可以得到自由的释放。我想这大概是我喜欢黄姚、怀念黄姚的缘故，亦是我喜欢旅行的原因吧。

向日葵的微笑

当时的我在旅行中。那几天一直下雨，一直想上山去走走的我就这样被困在了寨子里的客栈，哪儿也去不成。

我就是在这里碰见他的。客栈客厅的一张地毯上，躺着一个八九岁的男孩儿。他用胖嘟嘟的身子磨蹭着地毯。注意到我在打量他，他并未有见到陌生人的那种羞涩，而是特别有礼貌地跟我打招呼："姐姐好！"我孤寂的心，突然被他那一句甜甜的"姐姐好！"震撼了，我蹲下身子跟他聊："小朋友，你好啊，你多大了？"

"我9岁了。"他说。

"小朋友，你真乖，你能告诉我，你读几年级了吗？"我问。

"我……"原本很热情的小男孩，突然支支吾吾起来。我想，这支支吾吾里，大概有他不想说的缘由。

他旁边有一块长方形的黑板。我打算转移他的注意力。我问他："小朋友，你会画画吗？我会画，我画一张画给你看好吗？"他马上来了兴致，那肥胖的身子突然站起来，一拐一拐走到黑板前。他走路的样子完全不符合他的年龄，有一种沧桑在里面。这时，我才注意到他的异样。他的身子根本收不住，肚子很大，整个人的重心向前倾，看得我的心隐隐地疼。

吹出去的牛，再怎么样也要完成，其实我根本不会画画，只是随便说说罢了。可小男孩一脸虔诚地看着，我决定为自己吹下的牛负责任。我拿来粉笔，先在黑板上画了一个大圆盘，然后在大圆盘的周围画上波浪线，告诉他，这是向日葵的花瓣。他不出声，但神情里有一些崇拜。

我突然停下来，问他："我在这里给它画一些叶子，好不好？"

他答："好呀。"

我随性画着，一棵在阳光下生长的向日葵形成了。看着黑板上稚嫩的成品，我开始佩服自己的勇气了。我问他："小朋友，你觉得我画得怎么样？好看吗？"他很认真地说："好看，可是少了笑脸。"

我问："向日葵有笑脸的吗？"他保持着那份认真："有的，向日葵有笑脸的，你看，我给你画。"

他立刻在黑板上画起来，5分钟不到，一棵生机勃勃的向日葵就长在黑板上了。他的向日葵不但有丰盛的果实、漂亮的花瓣，还有一个大大的笑脸。我再仔细看那个大笑脸，它仿佛在跟我问好。我又看身旁蹲在地毯上的他，他的笑脸像极了这微笑绽放着的向日葵。

这时候，客栈前台忙活完的老板娘走过来，跟我聊起他。原来，他是老板娘的儿子。他出生后不久，身体就跟别人不一样，比寨子里同岁的小孩儿胖很多，到他7岁那年，他的肚子大到影响了他走路。父母带他去了很多医院，不但没有治好，连病因也没有查出来。后来父母渐渐失去了信心，不再带他去看医生了。他也从学校退学了，平常大多数的时间就是一个人在客厅的地毯上玩。

老板娘说："我感觉对不起他，让他生活得这么辛苦。他现在没事就接送他的妹妹上学。"

寨子里唯一的小学在镇上，而从寨子到镇上要走一段泥泞的山路，大约要走一个小时。刹那间，我没有办法想象，眼前这个小男孩儿，行动不便，每天要走两个小时，他是如何做到的？

我想，那一定是基于他对他妹妹满满的爱。

几天后，我要回广州了。我提着行李箱离开的时候，那个小男孩儿依旧在地毯上独自玩耍，沉浸在属于他的世界里。等我走到客栈门口，他冲着我很大声地喊："姐姐，再见。"我扭过头看他，他的那张笑脸像极了那天他在黑板上画的向日葵的笑脸，那么明媚，那么笑意盈盈。

一棵树的启示

　　大自然中，我一直对一棵普普通通的树保持着敬畏之心。

　　很久以前，我跟闺蜜去旅行。说是去旅行，其实是去爬山，一座高大雄伟的山。说来也真是有趣，那山很奇特，山上很少有绿色的植物。放眼望去，这巍峨的山是由一块块光滑的石头组成的。歇息的间隙，在山的拐弯处，我看见了一棵小树，一棵让我肃然起敬的树。这座荒凉的山，四周都是光秃秃的，什么植物也没有，唯独这里长出一棵树来。

　　这棵树长在一个倾斜下来的石头的空隙里，树下是堆积起来的一丁点儿的泥土，还有一些杂草覆盖在石堆上。4月的天，风烟俱净，只见眼前的树在这山谷里，寂静而恬然地生长着。那一树的绿，那一树密密的叶子，在风吹起的刹那，有力地摆动着。

　　我读初中的时候，看过一篇文章，张晓风的《敬畏生命》。文中写道："我感到那云状的种子在我心底强烈地碰撞上什么东西，我不能不被生命豪华的、奢侈的、不计成本的投资所感动。"作者在印第安纳州被植物飘散的种子所感动，感受到生命的无穷力量，而我又何尝不是被眼前的这棵树打动呢？

植物的生命是顽强的，它的顽强在于，不管它的生存条件如何恶劣，可它仍会选择竭尽全力地向上生长，就如这棵树。很多时候，人在逆境中的行为和战斗力，远远不如一棵树。树知道疯狂地成长、前进，甚至与不如意的生存环境抗争。而人，在艰难的境地里是容易妥协的，未必有如此高昂的斗志。

我又想起几年前草原上的一次经历。翻过一片片草原，回去的时候，我被草原上一棵葱郁的树吸引了目光。一眼望不到边的草原，四周是低矮绵绵的草，唯有这棵树是那样挺拔、无所畏惧地长在草原上。这棵树有着蘑菇般的形状。它的身上载满又厚又密的叶子，层层叠叠。我从没有见过这样的树，长得这样好，这样夺目，却能在这草原之中含住那华丽中的一丝低调，做自然里一棵非常谦虚的树。

我至今都忘不了那石头缝隙里倔强的小生命，那一棵小树。我钦佩它不顾一切向上生长的倔强与勇敢。我也忘不了草原中那棵低调的树，在寂寥的草原中有别样的味道。一个人活着，倘若可以像一棵树，不管在什么困境下都能排除一切不利因素，只管成长，不怒不怨，不卑不亢，努力中带着倔强，倔强中带着谦虚低调，想来，那是生命最美的姿态吧！

与你共享花盛开

　　我离开了原来住的地方，搬到了新的住所，一切重新来。许多事未弄妥当，窗台也被闲置着。本也没有什么，但每每看着单调的窗台，我总觉得空落落的。终究控制不住内心的冲动，我一下买了六七种花的种子。

　　花的种子收到后，我满怀欣喜，打算重新做回一个幸福的花农。我翻箱倒柜把家里空放了好一段时间的花盆全部拿出来，装上土，把花的种子撒入土壤中，等候着花盆里那些花儿盛开给我带来惊喜。守着花开的日子，时间过得可真慢！我每天去窗台看，大概一周时间，终于看到土壤中冒出了嫩芽，蓬勃生出一些绿。我突然惊喜，这些小嫩苗，什么时候能开花呢？

　　一晃，就到了假期，我回了老家，突然，30 多摄氏度的高温，让我开始担心窗台上的那些花，那些小嫩芽不会全蔫了吧？

就这样忐忑着，等假期结束我回了广州，推门放下行李，就立刻去看窗台上的花。之前的那些小嫩芽，不但没有蔫，反而更绿了，它们已经是一棵棵碧绿的花苗了。我更欣喜了，心想，很快花就会开吧？

果然，那些花儿，突然间就开了。那是一个晨起的时光，它们仿佛要给我一个惊喜。我在客厅看书，忽然闻到一股淡淡的花香。好奇的我站起身，往窗台上的花盆望去，外面一阵柔柔的风吹过来，花香与清风相遇，袅袅绕绕，飘满小屋。是的，我新种的那些花，按捺不住对这个世界的热情，全都热热闹闹地开了。

这些花中，我最喜欢的就是太阳花，它们鲜艳且有很多种颜色。红的像火，白的像雪……它们挤在花盆里，或高或低，各色的花被绿叶围衬着。像星星调皮地眨着眼睛。

花开心自在，我一天的心情往往从遇见花开的那一刻起变得幸福愉悦起来。再枯燥、再单调的心绪都会为这花盆里盛开的花欢喜，也香甜起来了。我想，当一个人沉淀了，饱满了，丰盈了，就会像种着的花一样，随时绽放生命的独特魅力。也许是在你某个晨起的时光，也许是在你感到迎面吹来一阵风的片刻，也许是在你发愣的瞬间，它就开了，开得势不可挡，轰轰烈烈。

一个人赏花是恬静的，是愉悦的。把花开的喜悦，分享给那个懂花的人，又有另外一番幸福。我的朋友是在工作与生活中都忙得不可开交的人。太快的生活节奏，忙碌的生活，让她从来就没有时间好好去看一场花的盛开，更别说亲手种花了。当我把窗台上那些花的照片发给她的时候，她说我那些花真的太美了，隔着屏幕都能闻到花的香味，就像花就在她身边似的。我听了后感到又惊又喜。原来啊，花香真的会飘走，看，这个远方的朋友就闻到了我此刻分享的花香。

人生忙忙碌碌，如果可以让浮躁的心沉静下来，悠闲地看一朵花开，那一定是件美好、幸福的事情。这样的时光，也注定了很暖，很柔。我愿意，把这样的暖，这样的柔，分享给热爱生活的你。

无限风景在险峰

我一度是个体质很弱的女生，从小身体就不好，这让母亲操碎了心。

我出来工作后，来了广州，一次偶然的机会参加了户外活动，从此我喜欢上了爬山。参加集体类的活动有一个好处就是，当自己特别累，甚至不想坚持下去的时候，身边总有很多声音鼓励你；或者看到身边的人都还在坚持着，于是自己也有了坚持下去的理由。

爬山对我来说是一种折磨人的挑战，也是一种美好的享受。说挑战是因为我的体力，爬一座很简单的山，都是一件不容易的事情。说享受是因为，每次当我坚持下去的时候心里总有无限的自豪，感觉又战胜了自我。

我想起去惠州大南山的经历来。一大早，我便跟随队伍从广州出发了。大南山的路蜿蜒崎岖，整个大山长着密密的荆棘、杂草。太阳很大，我口干舌燥，每走一步，都觉得很艰难。刚开始我勉强吃得消，走着走

117

着，越来越累，队伍里叫苦的人也越来越多。路也越来越不好走，都是陡峭的山路，一不小心就有可能摔下去。

体力在不断地消耗，一种前所未有的疲惫侵袭全身，整个人都要累趴下了。队友们一边叫苦，一边相互加油打气。上坡，下坡，再上坡，又下坡，我已经记不清楚，到底翻过了多少座山。终于，我们到达了山顶。

站在山顶，映入眼帘的是无比精美的画面：风烟俱净的天空，太阳高高地挂着。天空中的云彩，不停地变幻着。一会儿，天空被大片大片洁白的云彩覆盖着，那么圣洁，那么美；一会儿，天空飘来几束蓝光，周围的云朵也变蓝了；一会儿，太阳悄悄躲进了云层里，把周围的光都吸去了；又一会儿，一架飞机急速地掠过上空，画出一条清晰的印痕。我们的眼前，蜿蜒着的是我们走过的一座座山。半山坡上的草还是绿的，山顶的芦苇，仿佛知道了我们胜利登顶的消息，在风中不断地摇摆。

站在山顶的这一刻，我的心充满了喜悦和满足。这次活动的过程于我而言是艰难的、痛苦的，却是值得的。这次登山之旅让我重新认识了自己，挖掘了自己的潜能。如果不是这次活动，我不会想到自己在深山老林里，这么险恶的条件下，有这么强的韧性坚持走完全程。

我想人生也是一样，开始了就不应该放弃，坚持下去，你就能行，你就能见到漂亮的风景。一个人心怀梦想，只要坚持不懈地朝着梦想前进，坚定地走下去，就会越来越好。

我想写作也不例外，只要努力，坚持读书，多积累沉淀，多看多写，文章自然会好起来。你孜孜不倦地坚持下去，就可能会看到山顶上的无限风景。反之你三天打鱼，两天晒网，即使心揣梦想，也不会成功的。

心有繁花静静开

生活中的我是一个极度喜欢花的人，我喜欢花，喜欢那种温暖而迷人的花香。

我所生活的城市是个花城。不管在公司的楼下，还是在下班的途中，或者在家的附近，总能碰到卖花的人。卖花人有时把花装在箩筐里，有鲜活应季的玫瑰、百合，也有一些干花，用精美的彩纸包裹着；卖花人有时也把花装在敞篷三轮车厢里，竖立着堆在一起，各种花挨挨挤挤开放着，远远望去，颇有繁花盛景的感觉。遇见卖花的，我总会欣喜地凑上前去，在花丛里寻找自己想要的那一种。

娇小的满天星装在透明的玻璃花瓶里，星星点点，在灯光下另有一番风景。吃饭的时候，它安静地待在餐桌的一角，这时候我觉得不管生活多累，那一束不会说话的花应该最懂我的心。我用一个古典花瓶装姜花。姜花刚买回来的时候，整个客厅都会弥漫着花的香味，让我的心情也明媚起来。有时候早晨起来，我会看见花瓣松松散散地落在桌子上，没有规则却不失美感。

花开的时候是美的。那种在有限的空间里自由奔放的张力，吸引着我。同样，花落的时候在我眼里也是美的，那是一种零落成泥，春华秋实的成熟和奉献，有一番洗净铅华的淡定和从容。

早上看书时，我可以远远地闻到餐桌上的花香，那花香仿佛会流动，在空气里调皮地转几个弯，最后飘飘洒洒地落在书里，看完轻轻合上的那一刻，也是我收获一整天好心情的源泉。

一次去旅行，我早早安排了出行的时间。很不凑巧，到了的第一天便赶上了下雨。我一个人坐在客栈里看着屋檐下溅起的雨滴，外面雾气腾腾，雨丝毫没有停下来的意思，我顿感百无聊赖。

那些花，就是在我百无聊赖之时映入眼帘的。客栈的角落里，塑料水桶里种的花，在这阴雨天气里恬静地开放着。我不知道这些花叫什么名字，只见花瓣、枝叶上沾了些许的水珠。它们在雨中，不怒不怨地开放着。一阵风掠过，花朵们摇摇欲坠，但很快它们就整理好了容貌，站稳了花枝。

看着这些雨中的花儿，我的心里掠过一种莫名其妙的感动，这种感动让我完全忘记了上一秒淡淡的忧伤，烦躁的心渐渐变得安定、温润起来。几乎就在那一刻，我的心里涌过一种莫名的幸福。又过了好一阵，我回过头问客栈老板："你们这边的人都喜欢种花吗？"

"种啊，都种的，这里的人都喜欢种花。"老板说。

也许是好奇客栈老板说的话是真还是假，又或许是为了打发这寂寞而无聊的光阴，我一个人打着伞，开始在寨子里闲逛。

沿着下山的路，我一个人走走停停，惊讶地发现，这个寨子，人们完全生活在一个花的世界里，几乎每家都种了花。有的种在家门前的空地上，有的种在窗外面，也有的种在弯弯曲曲的小路边。

交通不便的寨子，旅游业成了当地的一个经济支撑。我一路走着，看到寨子有许多小吃店、饰品店、特产店。那小吃店的老板，是一位皮肤黝黑的男士，雄厚的嗓音穿过耳边，憨憨的笑脸浮现在眼前。他的摊位旁是一株株茂盛的杜鹃花。一时间，映衬在眼前的不知道是老板的笑脸，还是那些花儿的笑脸。

旅行结束，我返程的时候，天已经放晴了。整个寨子已经被一种温暖和谐的气息笼罩着。我提着行李箱，慢慢走在寨子光滑的石阶路上，看见不远处一个花农，他穿着很朴素，肩上担着两箩筐花，正一颠一颠地走来，那情景更像是担着满世界的欢喜。走在花农后面的是一个穿着白色连衣裙的姑娘，她喊了一声花农，花农便立刻放下担子，热情地向她介绍向箩筐里的那些花：怎么种，干花可以放多久。花农的神情认真耐心极了。那姑娘付过钱后，从箩筐的众多花里选出一束，陶醉地拿在鼻子前闻了闻，我看见她脸上盈盈的笑意荡漾开来。

那次旅行，我专程从南方去到北方，千里迢迢去看青山绿水，邂逅风土人情，其实我心里最难忘的是时空里那一场我与花的相遇。

我的心中有繁花，正幸福地绽放。

时光里的暖

　　周末，我总会去小区的花园里坐上半天，有时候在那里看书，有时候在那里安静地看周围的人。

　　我就是在这里遇见那对老年夫妻的。老爷爷满头白发，可身材却依旧挺拔，精气神十足。与他一起的是一位老奶奶。老奶奶虽没有白头发，却没什么精气神，身子显得很笨重。胖乎乎的她，每走几步就要深深地喘一下气，或者停下来休息一会儿。老奶奶的脾气并不好，在花园里常会无缘无故跟老爷爷怄气，可老爷爷从不生气，只是乐呵呵地赔着笑脸安慰老奶奶。

　　老爷爷与老奶奶在花园里悠闲地并排走着。老奶奶走得慢，老爷爷怕她摔倒，每次都牵着她的手，小心翼翼地走着。老奶奶要是不想走了，想要坐下来，老爷爷总是会眼疾手快地从随身带着的袋子里，掏出几张报纸垫在石凳上让老奶奶坐。

那对老年夫妻的故事，我是从小区的大妈那里听到的。老爷爷与老奶奶，原先是同事。当初他们选择在一起的时候，双方的家人都不同意。原因是老奶奶的家境比老爷爷好很多。可他们依旧义无反顾地选择了在一起。他们在风雨中相濡以沫多年，却没想到，他们退休不久，老奶奶就患上了阿尔茨海默病。从那之后，老爷爷就放弃了与小区的大爷们打牌的爱好，只一心一意地陪着老奶奶。老奶奶走到哪里，他跟到哪里。那画面温馨、和谐、有爱。

碰到那对老年夫妻，我常会投去钦佩甚至羡慕的目光。年轻时候的海誓山盟，虽然感天动地，但是他们经历过大半人生的风雨，老了还能心平气和地陪伴彼此，不管病后的老奶奶脾气如何反复无常，老爷爷依旧寸步不离地守着她，呵护她，这样的感情才是最令人向往的吧。

这样的暖，是珍贵的。而暖在生活里存在的方式有很多，有可能是两个人真挚的爱、相互之间的理解与包容，也有可能是偶然间遇见的一个真诚善意的微笑。

入秋的早上，凉风吹起，道路两旁的树已经纷纷扬扬地落了很多树叶。一个环卫工人，我碰见他的时候，他穿着一身蓝色的工作服，手中拿着一个长长的扫帚扫着满地的落叶，他沐浴在入秋的金黄里。我从他身边走过，他看见我，我们四目相对。我正想着，一个陌生人，该如何去跟对方打招呼，这是我不擅长的。正当我没有一点心理准备之时，突然扫着地的他冲我投来一个非常和善的微笑。那微笑很质朴，却很温馨。刹那间我的心里仿佛被吹进了一股春天的暖暖的、轻柔的风，有说不出的感动。

我的心，被触动了。我下意识回赠给了他一个甜甜的笑容。他很快就接收到了我的回馈，他仍旧安静地看着我。令人欣喜的是，此时此刻，他的笑容更好看了。

路上的行人依旧匆匆而过，他继续忙着扫地上的落叶，我则继续走去上班，周围好像没有变，又好像都变样了。变得柔和、可爱了，以至路边的小花小草都带着一种和谐的笑。虽然我与他，一句话也没有说，可他的那个微笑，却让我牢牢地记在了心里。我的心，被幸福感占据着。一路上，我感觉整个人愉快得仿佛要跳起来。

脑中的思绪轻轻转了几个弯，我又想起高一时的英语老师。她的笑容，大概用"如沐春风"4个字形容最贴切了。那时候的我们，学习压力很大，可英语课却是我们最喜欢的。上课的时候，她举手投足，都深深地吸引着我们。她衣服很好看，她握粉笔的手势很美，她讲课的声音很有磁性。然而我最不能忘记的是她的笑容。

每次从她走进教室的那一刻起，我们就会看到她脸上的笑容如层层涟漪温柔地荡漾开来。她微笑地看着我们，我们也微笑地看着她。盈盈笑意似春风呀，教室里就仿佛撒上了一层金闪闪的花粉。我们都热切盼着英语课早点到来，不为别的，只为可以见到她美丽的笑容。

一个人的微笑可以那样感染人，给人温暖与力量。看着她嘴角的那一抹笑容，我们好像忘记了高中生涯里繁重的课业。只觉得，生活应该像她那样，甜甜地笑着，对这个世间温柔相待。

一个人的微笑是暖的，就像天地间掠起的那一阵温柔的春风，所到之处总会给人带来巨大的力量与美好。看到嘴角那一抹灿烂的微笑，一个人再阴郁的心情也会变得阳光起来。

暖，很像黑暗中的一只温柔之手，让人的心里充满力量；暖，又像一杯飘着香味的奶茶，拂过人的心里，让人陶醉；暖，更像土壤里开出的一朵花，芳香会热情地飘散在周围，也会传递给身边的人。你的心是温暖的，充满爱的，周围人的心再冰冷，通常也会被你的那份温暖、那份爱所感动。人生路漫漫，难免有不顺，有忧愁，有哀愁，甚至有无法预知的坎坷，可因为心里有了暖，让人觉得，活在世间，一切将还有希望。

光阴小巷

一个人悠闲地行走在这样的小巷，我突然想起戴望舒的那首《雨巷》。要是在这样的时光与场合里，迎面走来一个丁香一样的姑娘，该是怎样的一种美好意境呢？

这里的巷子很窄，抬头望远处的天空，它显得是那样辽阔。巷子里，十几个白发苍苍的老人聚在一起下象棋，苍老的脸，眼神却是那么专注。我站在一旁，看他们边抽烟边认真下棋。突然间，旁边的一个老人站起来，"将"一声，开心地把象棋重重地放在一个位置上。没过几分钟，那老人脸上的笑意像一朵花儿绽放开来。原来，这盘棋他赢了，难怪如此开心呢！巷子之外，人来人往。而巷子里，那些下象棋的老人，祥和、幸福。他们属于另外一个世界。

一个人的心态，很多时候跟年龄是没有关系的，就如这些人。我在某一瞬间，对这些老人充满了好奇。比如，他们过得幸福吗？他们是否

125

都有争气的子女？很多问题忽闪而过。不过，当我转身离开的时候，这些问题突然又消失了。也许有些问题的答案并不重要，重要的是他们那种状态，仿佛是在告诉我，他们是幸福的。如此，足矣。

不知道哪里突然飘出咖啡的香味来，沿着弥漫在巷子的香味，一路找，我终于找到了这家咖啡店。

咖啡店在巷子的拐弯处。地理位置看起来一点都不起眼，里面的装潢倒是特别雅致，像我这种文艺青年绝对青睐这样的地方。咖啡店的灯光恰到好处，不会太亮，有一种朦胧之美。想来，店主对整个咖啡店的摆设是用了一些心思的。咖啡桌、凳子，是古香古色的木制品。台上摆了一盆小植物，少了沉闷与单调。那小植物用一个精致的小玻璃瓶装着，透过瓶身能清晰地看见植物的根须像生命的脉络映衬在时光里。

我坐下来，点了一份美式咖啡加一份提拉米苏，开始了美好的独处的时光。这个时候，我的心是愉悦的，更是恬静的。此刻的我，抛开了一切烦恼与忧愁。我靠着栏杆，喝着咖啡，看外面的世界。一潭清澈的湖水里，有对面邻家窗户里伸出来的叫不上名字的花儿的影子。我再细看咖啡店收银台，一只漂亮的肥大的花猫趴在台前。它的双眼微微眯着，耳朵竖起来，时而尾巴一甩一甩，别提有多可爱了。

我在巷子里，沿着古老的青石板台阶，缓缓地走着，不知不觉就走到了这家别具一格的书屋。书屋的外面镶嵌着无数个贝壳，书屋的正中央摆满了各种各样的书籍。书屋四周的墙上挂了很多张明信片。这家书屋的名字叫心愿书屋，与其说那琳琅满目的书足够吸引人，我倒是对书屋四周墙壁上挂着的明信片更感兴趣。

那些看着很普通的明信片，各有风格，各种字体的文字写出了从前来这个书屋的人的故事与心愿。有一张明信片这样写着：三年后，我还会来这家书屋的，你还会在这里吗？明信片上没有写明"你"是谁，不过我想，一定是写明信片的人心里装着的人。有的明信片上写着：胖子，我就愿意看你这么胖，因为胖胖的你，其实真的很可爱。

　　我细细地看，发现更多的明信片里，写的都是关于爱情的话题。有劝各自安好，相忘于岁月的；有对爱情充满无限憧憬，怀着美好愿望与期待的；也有不得已悄然离开的。那些过去在明信片里认真写下心愿、写下文字的人，后来的他们，心愿都实现了吗？在后来的光阴里，他们是否回来过这个书屋，回味过当时的那种心境？我不知道。

　　我想起我第一次收到明信片的情形，那是小学六年级的时候，伤感的离别情绪充斥着夏天。那明信片的文字，个个心愿与祝福都是那样真诚。后来，多少真挚的感情，在岁月里渐渐消磨殆尽，就像书屋里的那些人许下的那些心愿，后来也有许多变数。可是，终究难忘的是其中的过程，就像写下明信片心愿的那一刻，真实而美好，不是吗？

　　我随意逛着，四处看了又看，抬头望了望天空，快傍晚了。是啊，我该回家了。

美好的遇见

2月的光阴，温暖而美好。

我抽空细细地收拾家，把从前那些没有用的或者已经搁置很久的东西全部扔掉。心里顿感前所未有的轻松。阳台经过收拾，仿佛比从前大了一些。买来的植物种子，被我撒在那些大大小小的花盆里，从撒下种子的那刻起，我就暗暗期许，它们一定会在春天里盈盈地长出一片葱郁来。

3月初，那些植物的种子在黑色的土壤里生根发芽，到今天阳台已经被那些不规则的绿色点染。看着它们，由最初小粒的种子渐渐长出嫩芽，到再进一步长出叶子，我的心就这样被小小的欣喜感动着。那真是生命期许的过程，更是满怀期待的过程。看它们长得好，我是最高兴的。

养花，常常带给我一种不一样的幸福。我记忆里的一个小幸福，是种牵牛花带给我的。那年，牵牛花盛开的时节，我种的牵牛花不管不顾，向上长着，从花盆爬到墙壁，再爬上水管的位置。一片势不可挡的嫩绿，朝气蓬勃，给了我不少震撼。

很多时候，我站在阳台上看它们疯长的姿势，真觉得植物的生命、奋发成长的力量真叫人感慨与钦佩。

一个人有自己喜欢做的事情，养花、看书、写文章、看电影、听一首喜欢的歌，这样的生活本已经很美好。而又因为生命的垂爱，可以认识一些同频的人，想来是多么幸福的事情。

我收到她发来的消息，是在我生病的第二天，我的情绪还没有完全缓过来的时候。她问："姐姐，你生病了？"语气里透着关切。听到我已经好了很多，她终于放了心，并嘱咐我要吃点东西暖暖胃。这个时候，她不像是小了我好几岁的妹妹，反而更像是比我大的人，懂得照顾人。我还记得，上次她给我的感动，是在跨年那天的晚上，她给我发了消息，说感恩相识。说实话，看到那些质朴真挚的话，我差点就掉眼泪了。

这些年，我在遇见一些人的同时，也与一些人不断地擦肩而过。生性倔强敏感的我沉浸在自己的世界里多年，早已经忘记了如何去感恩。而她恰恰让我懂得如何心怀感恩地活着。

我与她的相识，源于彼此都喜欢写文章。虽然我们有年龄上的差异，但是我们的心意却一直是相通的。早前，我们因为一个共同的文友而熟知，渐渐地，我们越来越熟悉。后来，我们加入了同一个老师的写作培训班，成为同学。我们因为写作而常常探讨，互相加油打气，成为惺惺相惜的人。那是多么奇妙的缘分啊！

一日，她对我说，3月是写信的好时节，到时候要给我写封亲笔信。我激动地等啊等。后来，那封信从上海飘到广州，飘到我手中。我记得里面还有一张明信片，上面写着：花开好心情，可可姐，记得要开心哦。我很想告诉她，我会的。

我愿意，就这样走着，一路感恩，一路遇见美好。

杂货铺的老板

我第一次见他，是在 12 年前。我刚来广州，他在一家店铺门前坐着。他左脚落地，右脚膝盖以下是没有的，露出了宽宽的裤脚，搭在三轮车上。后来我才知道他是那家店铺的老板，他的右脚在一次交通事故中受伤，后来截肢了。

他的店铺是一家杂货店，什么都有。很多个早晨，六点半左右，我外出跑步或者去散步的时候，他的店铺已经开门了。他的店铺是这周围最早开门的，却又是最晚关门的。小小的店铺每天挤满了人，附近的人从他的店铺里进进出出，买日常用品等，每个人笑脸进，笑脸出。

不知道从什么时候起，他的店铺门前摆了一些桶装水。他的几个孩子不过是十几岁的年龄，却早已经学会了帮忙做事。其中有个男孩，经常穿梭在附近的小巷子里，给客户送水。

那时候，附近还没有真正的超市，他的店铺，算是周围比较大型的，销售的产品也多种多样。又过了一阵子，我在回家的途中，碰见他的女儿骑着自行车，摇摇晃晃地给客户送米。

他的几个孩子都在读书的阶段，可想经济压力有多大。可他硬是用一个小小的店铺，支撑起了整个家庭。很多个日子里，我都会碰见他开着三轮车去进货，或者给一些客户送货。三轮车里载着的货，就像他载着对生活满满的期望。

又过了几年，电商行业兴起，他很快就发现了商机。他的店铺增加了代收快递的业务，每份一元，附近很多小青年都会去他那里取快递。

许是他店铺里旺盛的生意引来了一些人的注意，不久，附近开了三家超市。这三家超市销售的商品更加多样化，他的店铺逐渐失去了竞争力。很快，他改变了店铺销售产品的方向，他把原先的杂货店变成了五金店。要不说他思维独到呢，五金店也是这附近唯一的店铺。特别是最近几年，附近的很多出租屋改造，公寓的兴起，五金的需求越来越多，不多久，他店里的生意又红火起来。

有一天，我看见他的店铺门前摆了一个机器，那是用来打钥匙的。这时候我才知道，原来他会打钥匙。我对他更加敬佩了。打一个钥匙一般收费两元，长期下来，也给他增加了一些收入。

新年，来广州的第一天，我又见到了他。他脸上的笑意仍旧盈盈地荡漾开来。看见我，他热情地跟我打招呼："来啦，上班了？"

"嗯，开始上班了！"我说。

"恭喜发财啊！新年发大财！"他的声音很洪亮，夹杂着刚过完年的欢乐。

我问他："过年回老家没有？"

"没有呢，就在广州过年。"他说。

我在他的五金店里买了一个淋浴花洒，听他说最近要把隔壁的店铺也盘下来，要扩大规模。听他说完，我脑海里好像已经出现了他新开的店铺里顾客络绎不绝的画面。

　　这么多年，附近的店铺很多都是开了关，关了开。有的已经搬迁，有的经营不善倒闭了，很多店铺不知道换了多少店主了。唯有他的店铺，日日如此地兴旺。不管是从前卖杂货，还是后来卖五金，他都用生意人独到的眼光在每次转型中开辟新的市场。他的腿不方便，要养活一家人不是一件容易的事情。可我从未见他对生活有过抱怨。只见他不断地调整自己，微笑生活，去适应这个竞争激烈的社会。

　　他是我心里钦佩的人。

尘世间的小欢喜

　　我从 7 月份住进这个小区，已经有一段时日了。我喜欢这周边的一切，楼下的一花一草，小区的一事一物。渐渐地，它们成了我心里忘不掉的风景。

　　楼下卖菜的阿姨，是我进到这个小区最早认识的人。她圆圆的脸，胖胖的身子，脸上挂着敦厚的笑容。虽说她胖胖的，做事却麻利着呢。远远看见人，不管是否熟悉，她总不忘先递上笑容。每天她的菜铺永远是最热闹的。她热情地招呼路过的我们，即使周围站满选菜的人，她也总能井井有条地忙活。

　　有时候看到那么多人买她的菜，这个要红萝卜，那个要青瓜，我担心她会算错账。怎知阿姨算账特别厉害，无论买多少菜，她都能准确无误地算出总价。我付款的时候，阿姨拿出几根香葱给我："妹子，送你几根香葱，可能用得上呢！"我很客气地跟她道谢，后来，我每次去买菜，她都会送几根香葱给我。即使我说不要，她仍旧坚持，我买的菜越多，她送的葱也越多，有时候都可以配着炒一盘鸡蛋了。她的敦厚热情，让我很感动。

我喜欢跟她聊天，也喜欢看她的笑容。她的笑容像春风，能令我的心情一整天都明媚起来。一个再寻常不过的日子，我下班回来经过她的菜铺，她突然在花花绿绿的菜里，拿出一把青菜送给我："妹子，送你的，尝尝，这个是我自己种的！"我感激不已。为阿姨的热情善良，为自己可以遇见这珍贵的美好。

生活很平凡，让我感恩的是，我有幸可以遇见不少的小欢喜。那些小欢喜，让我的心被越来越多的美好占据着，也越来越幸福。

我住的小区有一个公园，公园里种有几棵高大的树木，也有可以休息的亭子与石凳子。这个公园大概是小区的老人最喜欢去的地方。我常常看见他们的身影活跃在周围。他们有的在树下放一台收音机，随着节奏，跳起欢快的舞步；有的在亭子里热情澎湃地唱歌，有时唱《走进新时代》，有时唱《东方红》，多数都是歌颂时代的赞歌；有的坐在石凳子上唠家常，不知道聊些什么内容，但我总能看到他们脸上欢愉的表情。他们其实都不年轻了，但是他们的状态，往往让我很轻易就忽略了他们的年龄。

每次看到他们积极乐观的样子，我的心里总有无限的感慨与深深的感动。一个人的年龄与心态其实是没有多大关系的，老人也可以拥有很年轻的心态。他们对生活美好的热忱感染着我。我想等我老了，也要向他们学习。学习他们朝气蓬勃地过好生命中的每一天。有自己喜欢做的事情，不悲观，不忧伤，不压抑自己，不沉浸在年岁的落寞中，只向这个多彩的世界尽情地释放爱心与热情。

我的内心深处，爱极了这些浅浅淡淡的小欢喜。这些小欢喜，让我在这纷繁的城市里原本略感孤寂的心变得丰盈、温暖。也让我因此深深地懂得，其实人活着，可以这般美好，这般快乐。

我多了一个姐姐

我认识老王，仿佛是冥冥之中的缘分。这得感谢我们共同的爱好，那就是写作。

今年，我们都参加了一期线下写作培训课程。我第一次见她时，她在吃早餐。她看见我，热情地跟我打招呼。因为之前我见过老王的照片，所以很快我就认出了眼前的人是她。我微笑着跟她说："你就是王老师吧？我认得你。"她几乎带着羞涩的表情跟我说："不用叫我王老师，叫我老王就好！亲切一些。"

"老王。"大家欢快地笑成一团，周围餐桌坐着的都是参加培训的同学，大家的谈话声、欢笑声夹在其中，让我拘谨的心突然就放松下来了。

老王的热心是出了名的。她对谁都一样，都能倾注自己的真诚与善意。于是同学间就流传一句这样的话：有事找老王。我们想找吃的不知道哪里有，没事，找老王。想去逛街，苦恼路不熟悉，别担心，也找老王。老王会开车带大家去玩。总之，同学中有需要帮忙的，随处可见老王的身影。她很忙，但总是尽力照顾大家，感觉精力永远是充沛的。她讲话很幽默，笑声就像铃铛清脆无比，引得周围人的心情也跟着欢快起来。

采风那天，我与老王分到同一个小组，我们在回民街四处逛着。每每有好吃的，老王就问我需不需要停下来品尝。她说她的家在西安，来这里逛总是容易的，倒是我，难得来一次，千万不要拘谨。她就像邻家大姐一样亲切地照顾着我。每次我买吃的，老王总是抢在我前面买单。她说我是远道而来的客人，怎么能让客人买单呢！她就是这样一个人，有一种大气的风范。

采风那天，气温高达 38 摄氏度，下午我中暑了。老王放弃了与大家去别处玩的机会，在身边陪我，照顾我。

在回酒店的时候，我听有同学说，老王身体也有点不舒服，好像是中暑了。想起她对我的照顾，我的心里充满愧疚感：热心的老王，在我不舒服的时候细心地照顾我，而她自己不舒服，却一直忍着。这是一种什么样的精神啊！

我在酒店休息的时候，老王敲门进来，她给我送来了一袋当地的苹果。她叮嘱我一定要带上。我再一次被她的热情感动。

第二天，是我们回程的时间，有好几个同学要很早去机场。老王这时候担任起司机的角色。她起了个大早，在天刚亮时，亲自开车把我们送到机场。

老王也是真正关心并能理解我的人。在她的心里我是一个极度需要照顾的小妹妹。今年 11 月初，我因为头痛昏沉地睡了两天。她知道我病了之后很担心，各种问候说怕我出了什么事。过了许久，想起这些，我的心里仍旧充满感恩。

有一阵子，我因为辞职没有了收入，她二话不说就借钱给我。用她的话说，一个人总要留点钱在身上。我们虽然只是在培训的时候见过面，但是她对我的好是真心实意的，这让我很感动。

老王用她的友善、热情、真诚、耐心、乐于助人，深深地打动了我那颗原本孤僻的心。

她理解写作对我的重要。一直以来，她也在全力地支持与鼓励我。我想，作为回报，我只有在写作的路上更加努力，更加用心才行。倘若有一天，我真的取得了成就，我想第一时间告诉老王，与她分享我心中的喜悦与幸福。我也要告诉她，我没有辜负她对我的好。

好一朵生命之花

《生命之花》是她即将出版的书。文如其人，想来这大概也是她自己的真实写照。我印象里的她，就像一朵在大自然里倔强生长、激情绽放生命魅力与勇敢追求梦想的生命之花。

7月，我们报了同一个线下写作培训活动，活动地点是在陕西。我从广州出发，到达咸阳已经是深夜。以致第二天上课，我仍旧很困。而她从内蒙古呼和浩特市坐火车，历经14个小时才到达咸阳。

她并没有表现出疲惫的神态，就像一个快乐的小孩儿，脸上挂着真诚而善意的微笑。她蹦蹦跳跳地出现在我跟前，问我："请问你是可可吗？"直到现在，我也不知道她是如何认出我来的。也许这都不重要了。重要的是，遇见她之后，她让我蜕变、成长了许多次。

她很喜欢笑，笑起来就像一朵灿烂的花儿，那么美，那么艳。她的笑声像风铃在风中愉悦地摇曳。由于脑部疾病后遗症，她说话时，脑袋会不受控制地摇晃。也因为紧张，她说话的时候，脸会涨得微红。可她很自信，也敢于跟旁人交流与沟通。我很钦佩她有这样的勇气。

她对文字是真的热爱，一旦发现素材，灵感一出现，就会立刻记下来。好几次上午上完课，我们一起去吃饭，她坐在我身边听我们聊天，不过更多的时候，她在不停地玩着她的手机。刚开始我不了解，我跟她说不要总是玩手机，对眼睛不好。这时候她有点难为情地笑起来，她跟我说："姐姐，我现在来灵感了，要是现在不写下来，也许就错过了，找不到了。"

10万多字，60多篇的《生命之花》，是她用手机一个字一个字打出来的。想来也是经济原因吧，她一直没有买一台属于自己的电脑。偶尔用的电脑也是从姑姑家借来的，又老又旧，不好用。作为一个真正喜欢文字，靠文字生活的女生，并不觉得没有电脑对写作不方便，她仍旧用手机敲出了一本《生命之花》。这是何等的毅力与热爱啊！

她的文字，多数都是她自己的经历，严格意义上讲，也是生命赋予她的一次次深刻的感悟。这种感悟是旁人无法体会的，多了一丝冷峻、无常、现实。而那经历就像花的土壤也滋润了她，让她更加坚强，更加勇敢，让她的人生渐渐变得更加丰盈起来。很多人看过她的文字，都说有着别样的韵味。是的，那是生命赋予她的苦与乐，而那些苦与乐，又与常人不同。

她肩负着养家的责任与重担，只有父亲一个亲人，且已经年老，没法赚钱养家了。因为身体方面的影响，她从出生到读书，到工作，都遭受了这世间太多不平等的对待与异样的眼光。她因找工作四处碰壁，最后只能在家里靠写作谋生，而被周围的人议论的时候，她仍旧能把当前的日子过好。在家里，她要照顾年迈的父亲。还要克服自己因身体不便导致的困难。可她说，无论如何，她都会坚持下去的。生活赋予她太多的磨难，也让她越来越坚强。她很少悲伤，从没想过要放弃。

她今年也才 24 岁，花一般的年龄。我在她这个年龄，还在浑浑噩噩中过着每一天。而她却已学会了承担一切。

　　从线上相对陌生到线下认识，到后来相互了解，她给了我无限的触动与感慨。因为她，我也第一次深刻体会到，一个人的健康是多么重要。我也常常会想，倘若我患上了病，失去了母亲，从小遭受世间的许多苦与难，以及别人的鄙视，我是否能拥有乐观的心态，敢于去面对不公平的一切？我是否能如她这般坚强，在苦难中找到喜欢的事情且长期坚持下去？也许，这正是我钦佩她的真正原因。

　　我的小妹妹，我真心地祝愿她，这朵生命之花，越来越美，越开越灿烂！

第四辑　成长的歌

餐桌上的修养

　　我想起从前的一次经历。

　　新年刚过，我参加了一个户外活动，是去附近的乡下看桃花。中午，我们在一家农家餐馆吃饭。

　　天气很热，加上都走累了，所以我们对午餐就特别渴望。由于当日游人太多，店老板完全忙不过来。终于，我们的汤上桌了，大家都抵挡不住饥饿想要赶紧品尝。只是，接下来的情形让我大跌眼镜。

　　坐在我对面的一个阿姨，站起身，把她与她同事的碗放在面前，然后把盆里的肉捞到碗里。还一边捞肉，一边问身边的同事："你还要不要？再多盛点，这里还有！"

　　还没等其他人拿筷子，那盆冬瓜排骨汤里的肉，就被那个阿姨全部捞走了。

　　我的心里掠过一丝悲凉。那是一个多么自私的人啊！接下来她的行动同样让人反感至极，每一道菜她都第一个端在自己面前，一个劲儿地把菜夹在自己的碗里。

我只觉得，吃那一顿饭我是用了一生的修养在保持沉默。我想，在场的很多人也都吃得索然无味吧。

当时我很想跟那个阿姨说，参加集体活动，即使你跟你的同事再要好，也没有必要把肉全部捞走，而不考虑餐桌上还有其他队员！因为那次吃饭，那个阿姨在我心里的印象，大打折扣。

我又想起小时候的一次经历来。

那天表哥为儿子办满月酒席。当天来了很多客人，其中有一个是表哥的远房亲戚。那亲戚是一个小男孩儿，在10岁左右。餐桌上刚上来一个菜，这小男孩儿立刻站起身，直接用双手去抓盘子里的菜。身边的大人面面相觑，不知道说些什么好。不一会儿，小男孩儿的母亲来了，见到小男孩儿这样的举动，很耐心地跟他说，这样是没有礼貌的，不能这样吃饭。怎知，小男孩儿气呼呼地跟他的母亲说："与你何干，又不是吃我们自己家的，我想怎么吃就怎么吃！"

很多年后，我在家乡听到一个消息，那个曾经在餐桌上抢着吃菜的小男孩儿参与了一次抢劫，入狱了。

听到这个消息，我并不觉得有多意外。我虽然对那个小男孩儿不了解，可他骨子里的品行在多年前的餐桌上就暴露出来了。他在公共场合伸手抓菜吃、凶他的母亲，这些都证明他是一个缺乏教养的人。

我们从小就被教导，吃要有吃相。从吃相里可以看出一个人的修养，一个人的气度。一个在餐桌上有风度，懂得为他人着想的人，无论如何也不会差到哪里去。一个人在餐桌上的修养，也反映了他的家庭教养。别让吃相出卖了你的修养，让我们都做一个有风度的人。

微笑的向阳花

我第一次去香姐家，是那年7月。她家的阳台，向阳花开得正好。

那时我刚进这家单位。性格拘谨的我，还不懂如何跟同事打交道，常常一个人独来独往。单位同事香姐是个热情开朗的人。有一天下班，她站在办公室门前招呼大家去她家里吃饭。我想着，我跟大家不熟悉，还是算了吧！怎知香姐一把拽着我，自来熟地说："一起去吃饭嘛！人多热闹！"拗不过香姐的好意和热情，我跟着同事去了香姐家。

香姐的家在郊外。两层水泥楼，远远看上去有种简单质朴的美。前面是一个用篱笆围起来的菜园，菜园里种有很多菜。让我印象深刻的，还有向阳花。在一楼客厅的阳台上，用塑料桶栽种的向阳花，攒足了劲往有阳光的方向伸展腰肢。一朵朵娇嫩的花在阳光的照耀下，如一首和谐的旋律。

阳台下面，竹凳子上坐着香姐的父母，看着到来的同事们，老人们的脸上荡漾着淳朴的笑容。"屋里坐啊，屋里坐！"他们招呼我们喝茶，待我们坐下来后，香姐与父母转身就去厨房里为我们做好吃的了。他们一个杀鸡，一个洗姜，一个弄蒜蓉，忙得脚不沾地，但是脸上写满了开心。饭间，我们开心地聊天儿，愉悦地笑着。太阳的光辉从窗户里跃进来，洒在每个人的身上，我们都披上了一层柔和的光。

看着一脸幸福的香姐和她的家人，我的心里充满了感动、温暖。真是其乐融融的一家人啊！

因为香姐的热情、豪爽，我们很快就成了好朋友。也渐渐明白了她那满溢的幸福从何而来：先生工作好，有一个6岁的儿子，懂事又可爱。父母身体康健，闲时帮她种种菜，看家。

我以为，那样的好光景会一直陪伴着香姐，香姐脸上幸福的笑容，会像她家的向阳花一样轻轻摇曳，绽放生命的光彩。怎知，悄然间，命运跟香姐开了个不小的玩笑。

香姐的爸爸得了癌症，已经是晚期了，老人家没有撑多久就去了。那阵子的香姐完全变了一个人，像失去了魂魄。我的心揪着，不知道如何安慰她，想着还得香姐自己去缓解心中的悲痛。可没出两个月，更大的意外朝着香姐袭来。

那是一个刚下过雨的午后，香姐的儿子拿着捞鱼玩具，与邻居家的几个小孩儿去公园里玩。香姐的儿子意外掉入湖里。一同去玩耍的小孩儿，被眼前的情景吓哭了，惊慌失措中离开了现场。香姐的儿子不会游泳，也没有得到及时的营救，最后失去了生命。

从那时候开始，香姐整个人都变了。她的脸上很少有笑容了。也因为太过悲痛，曾晕倒在办公室门前。

我不知道那些年香姐是怎么过来的。后来，我离开了单位，跟香姐的联系也渐渐少了。我知道她在丧失爱子之后，浑浑噩噩过了很长时间。

我最近一次见到香姐是去年。我听以前的同事说香姐来了我所在的城市办事。我翻出久违的通信录给香姐打电话。几天之后的周末，香姐出现在我面前。她的身边跟着一个三四岁的小孩儿，水汪汪的眼睛安静地看着我。细聊才知道，几年前，香姐又生了一个儿子。

重获生命的美好，让香姐的脸上又有了从前的笑容，暖暖的，惹人心醉。她对我说："生活总是要过下去的，人总不能一味地沉浸在悲伤里，是吧？"

看到此时香姐的状态，我知道她终于从悲伤里走了出来。我看着身边这个和不幸去世的哥哥惊人相像的孩子，我想，这个小孩子一定是上帝派来守候香姐的天使。因为有了他，香姐的脸上重新有了灿烂的笑容。这笑容让我懂得，香姐会好好地活着，且会一天比一天好。

在我看来，香姐就像那灿烂地生长着的向阳花。这些年，不管生活给了她什么磨难与挫折，香姐总能越战越勇，找到有阳光的地方，努力地成长，越来越好。

勇于接受不完美

小时候的我，是个很自卑的孩子。特别是上小学的时候，我常常会因为不能准时交上学费而被老师点名，甚至遭到同学的嘲笑。

印象深刻的是，在四年级第二学期，我第一次在开学的那天就交齐了学费，一个女生带着嘲讽的口气向我挑衅道："怎么可能！要知道你每年都是最晚交学费的。"虽然她那伤人的话，很快就消散在我的忙碌中，但我的自卑，一直深深地印在了心里。直到长大一些，我仍然是个不够自信，一定程度上会自卑的人。

我性子好强，也一直喜欢跟别人比较，热切地希望缩小自己与别人的差距。另外一方面，我的自卑又导致我不能很好地正视与他人之间的差异，就像从前的我无论如何也想不通，为什么上学时物理、化学我听得一头雾水，而班里有几个男生几乎不用听课，就能考出很好成绩。

很多年后，我终于明白了一个道理，那就是人与人之间其实没有可比性，哪怕用同一种方式去做某件事，也会受到很多因素的干扰与影响。

那要如何去改变这种局面，特别是这种心理上的落差呢？我的脑海里突然闪现过这样的一句话：敢于接受不完美，你的人生才会更完美。如果你能够理性地看清自己的优点与缺点，不悲观，不会只看到自己的软肋，相信你会快乐很多，也会更有利于你的成长。

我的母亲有 4 个孩子，抛开弟弟不说，与前面的两个姐姐相比，我一定是看起来黯淡失色的那个。大姐性格温婉，不管是为人处世还是待人接物，总能保持最好的气度，因此她是家里公认的性格最好的人。因为这样，她常常受到家人及别人的夸赞。二姐性格刚毅，凡事颇有主见，不容易因外力而动摇。她在别人眼里很有威信。而我，既没有大姐的那种温婉，也没有二姐的那份特立独行。所以，我总是显得很普通。

后来，一件很小的事情改变了我的看法。

很久以前，一次我回老家，听到母亲非常高兴地在邻居面前表扬我，说我回家后都很勤快，忙着为她分担家务。

母亲当时的话，深深地触动了我。从前我总以为我是父母心中最差的那个孩子，而我不知道的是，在母亲心里，其实我也是很棒的。每次回家，我总喜欢保持一尘不染。从前我在市里上班的时候，过年大扫除，母亲总会等我回来扫天花板上的灰尘。只要我在，我就会帮她。她便安心。

每个人都有自己擅长的长处，也有短板，没有必要去苛求自己完美。一个人越有瑕疵，恰好证明可以改正与成长的空间越大。要想自己的人生变得更好、更完美，那一定要攒足勇气去接受自己的不完美。

人生路漫漫，有顺利，也有失意，不管如何，愿你拥有足够好的心态，不随意去攀比，不悲观，不盲从，更不轻易气馁。愿你可以看到自己的闪光点越来越多，也可以看到自己的缺点在不断地修正。勇于接纳不完美的自己，不断努力，扬长避短，你的人生会越来越完美。

岁月里开过蔷薇花

记忆里，因着他，她喜欢上了蔷薇花。9 月的蔷薇花开得正盛，她从繁华的城市回到乡下的外婆家。因为没有城市户口，她读高中成了一个问题。于是她的父母咬咬牙，狠下心把她送到了外婆家附近的高中去读书。陌生的环境，陌生的同学，让原本就沉默寡言的她，显得格外拘谨。可庆幸的是，她遇见了他。

她第一次见到他的时候，是在学校的花园里。身材高大的他被一团开得喜庆的蔷薇花簇拥着。他拿着一个花剪，正在修剪一些颓废的花枝。提着行李箱，她从花园旁边走过，怯生生地朝他问："请问，高一新生的寝室在哪儿？"他放下手里的活儿，微笑，指了指寝室的方向。她道谢后拖着行李箱，"咚咚"地上了寝室楼。"咚咚"地响着的，还有她剧烈的心跳声。她记得他的笑容很明媚，就像一个大孩子。他那白色衬衫及修长的牛仔裤，衬托出他健美的身材。他弯腰剪花的样子很美。他的背对着阳光，阳光很大方地给了他一个动人的剪影，迷人又耀眼。

她不舍地看着他的背影，青春里懵懂的心有如花园里的那些蔷薇，就这样盛满阳光，温暖美好。

第一节英语课，她惊喜地发现，那个在学校的花园里剪花的男子，其实是她的英语老师。她开始拼命注意他，他的一言一行在她眼里都是美妙的风景。特别是他讲课的样子，更是让她深深地着迷。他有一种魔力，枯燥的语法经过他的讲解，变得有趣。他还是学校里唯一英语过了八级的老师，这让她更加钦佩他。为了引起他的注意，她更加努力学习英语，也尽量逼自己大胆起来。她很刻苦，作业也完成得很及时。上课回答问题，她总是第一个举手发言。他看着活跃的她，流露出赞许的目光，可他什么也不说。她依旧不管不顾，沉浸在属于自己的世界里。闲暇时，她有了胡思乱想的机会。她有一个梦，梦里有开得娇艳的蔷薇，更有一脸微笑的他。

终于有一天，她爱他的心就像春天里的一棵嫩芽，再也绷不住了，破土而出。一次，她鼓起勇气在英语作业本上委婉地表达了对他的爱慕，语言含蓄却又有自己的风格。她写道：看见你，有如看见校园的蔷薇花开，我的心里盛满欢喜。他批改作业的时候，很快就看到了这句话，可他没有丝毫表情。那边的她，一直期待着他的回复。

不久，班里传出了谣言，说他与学校里某位女生关系暧昧。从此，他在她的心里就变了一个人。她无法得知谣言是真是假，但是她的心还是充满了失落。她开始闷闷不乐起来。

她上课开始走神了。她也经常在上课的时候发呆看着窗外的蔷薇花，眼神里多了伤感。她的颓废与放弃，让她的英语成绩一落千丈。

她的一切变化，他是知道的，只是他不知道该如何去开导原本就很敏感的她。

终于，在一次晚自修课上，他把她叫到跟前非常耐心地跟她谈话。

他对她说：我相信，经过你的努力与坚持，你可以上很好的大学。你也可以让英语这门语言为你的人生锦上添花。我知道你是一个听话的学生。记住老师的话，无论什么事情都不能成为你拿学习来开玩笑的理由。他看着不吭声的她，继续说道：我知道你喜欢蔷薇，相信总有一天，那朵属于你自己的蔷薇花会开的。

他的那些话点醒了她。她释然了。她把青春里悄悄爱他的那份心收起来，把更多的时间与精力放在学习功课上。

她到底还是争气的。三年，经过努力拼搏，她终于考上了心仪的大学，她也是那一届的英语高考状元。多年后，英语让她的人生真的有了更多的可能性。偶然，她会忆起她的高中时代，很多往事已经变得很遥远，但他的话却一直回响在她的耳畔。属于她的那朵蔷薇已经在时光里悄悄地绽放了。

人生再难，放宽心态

　　人生的难处总是分阶段的。小孩儿有小孩儿的烦恼，大人有大人的忧伤。一句话，人生再难全靠心态在支撑。

　　前不久，与朋友闲聊，他说他的前同事，平日里开朗乐观的一个人，不知为何突然就自杀了。我问是什么原因，朋友说他也不知道，只知道那个前同事拥有良好的家世和一份相当不错的工作。

　　也不知道那个人生前遇见了什么难事，竟亲手结束了自己的生命。其实不管遇见了什么困难，如果当时他能把心态放宽一点，也许就不是这样的结果了。

　　每个人都有自己的烦恼，从生活到工作，从学习到个人的发展。别太强求自己，凡事尽力而为。如果尽力了结果还是不尽如人意，不要怀疑自己，也不要把自己逼进死胡同里，毕竟人生不能随随便便成功。

　　人的一生，既不会一帆风顺，也不会一直曲折坎坷。人在顺境中不要太得意忘形，要保持一颗平常心，告诉自己要居安思危。人在逆境里也要告诉自己，不平坦的路终究会过去，一切都会好起来，所以别太气馁。

每个人的心里，或多或少都有一些苦处。即使再光鲜亮丽的人背后，都藏着说不出滋味的辛酸。你可以掉眼泪，掉过眼泪之后要及时收起悲伤，告诉自己：明天，又是新的一天。然后，振作起来，好好去努力。

我想起一个女生。那时候的她被男友抛弃了，接受不了这个结果的她哭天喊地，想不开，嚷着要死。她的心里是装满哀伤的，谁劝她冷静些都没有用。后来，去看她的朋友一个一个散去，留下她一个人继续与眼泪、忧伤相伴。又过了很多年，我在广州见到她。那个曾经为失去爱情而号啕大哭，发誓再也不会相信爱情的她，已经寻得一个善解人意的丈夫。我见她的时候，她的小孩儿在地毯上玩着玩具，她在厨房里切着我喜欢吃的水果，还给果盘摆了特别美的造型。

她已经在岁月的历练中养成了淡然恬静的心。经历越来越多，她已经懂得起起落落、有欢喜有悲伤是人生的常态。我们聊起多年前的许多事情，包括那年那月那日里失魂落魄的她。这时她微笑着对我说："现在感觉那些事情已经很遥远了。只是想不明白，自己当时怎么会那样。其实想想人生的那些遭遇，即使再难，扛扛也就过来了。"

人生再难，请你放宽心态。要相信，坏的运气不会一直伴随着你。当你遇到看着难以跨过去的坎的时候，一定要相信自己可以迈过去。也请你保持一颗平常心，用一颗淡然、乐观的心去面对生活中的挫折。当你的心态好的时候，结果往往会不一样。

请对"坏女孩"好一点

高三刚开学，我提着沉重的箱子来到学校。当我走到宿舍三楼的时候，看见一个短发女生。因为我不知道我住哪个宿舍，于是我问她："请问你知道高三（1）班的女生宿舍是哪个吗？"那女生跟我说："这边，我带你去。"在她的指引下，我来到了宿舍。她主动帮我收拾带来的东西，还帮我铺床。当她帮我整理好一切的时候，她跟我说："以后我们就是室友了，请多多照顾哦。"我一直都是一个非常慢热的人，性格内敛的我，常常不太懂得如何跟人打交道。她那亲切的话语，让我原本拘谨的心，突然放松下来。

她叫雯儿。

她是我们班第一个拥有篮球的学生。她喜欢打篮球，甚至到了痴迷的程度。下午最后一节课的下课铃刚响，她就迫不及待冲出教室了。快落山的太阳斜斜地照着学校的篮球场，照在雯儿的身上，把她的身影晃得七零八落。她矫健的身影在篮球场上晃动着。有时候看见她投篮，有时候看见她运球……让我印象最深刻的是她的投篮，不管别人防守得多严，她都能投进去。经常，我从五楼的图书馆下来，碰见从篮球场离开的她。这时候的她右手抱着篮球正飞快地往宿舍走去，脸上满是汗水。她很少跟同学玩儿，多数时间都沉浸在打篮球的欢乐里。

有一阵子，学校要举行模拟考试，大家都很忙。唯独雯儿不在状态，好像学习与她没有关系。别班有个外宿的女生跟我们说，她有好几次看见雯儿从网吧里走出来。那时候，我们虽然已经在读高三，但是由于学校里没有上过电脑课，班里绝大多数同学，对电脑是陌生的。大家无形中觉得，经常出入网吧的雯儿，一定是个坏学生。从那时起，大家看雯儿的眼神就怪怪的了。然而，雯儿却表现出无所谓的态度。每天下课后，雯儿照常捧着篮球走向篮球场。每次上夜自修课，她仍旧是最后一个进教室学习的同学。

有一天晚上，大家回宿舍休息的时候，雯儿进了洗手间，刚开始大家没有在意，后来，有一个女生半夜上洗手间，看到洗手间里的灯亮着才发觉雯儿的异常。雯儿在洗手间里"呜呜呜"地哭着，洗手间的门被她关着。那个女生去敲洗手间的门，里面的雯儿无动于衷，仍旧在哭泣。很快，她的哭声越来越大，那个女生就把整个宿舍的人都叫起来了。我们挨个儿去敲门，担忧地问："雯儿，你没事吧？"雯儿还是不说话，依旧不停地哭，依旧不开门。最后，大家没有办法，把宿舍管理员请来了。经过宿舍管理员的好一阵劝说，洗手间的门终于开了，雯儿走了出来。出来的时候，她眼睛红红的，没有理会我们诧异的目光，没说一句话就去休息了。留下大家站在原地面面相觑。

从那时候开始，关于雯儿的传言就更多了，有的人说她谈恋爱了，也有的人说她沉迷于网络经常跑出去见网友，还有的人说她其实得了抑郁症。在那个年代，同学们对抑郁症的了解很少，只觉得那是一件特别恐怖的事情。不管大家更相信哪种传言，雯儿在同学的心中，已经是一个坏学生了。大家都有意识地疏远了雯儿。

日子照常，大家仍旧把高考当作人生的生死战，如火如荼地复习着。唯独雯儿，依旧与大家格格不入。而就在这时，关于雯儿的一些传言被老师听到了。不知道老师是不是相信雯儿谈恋爱了，总之很快，雯儿的父母被老师叫到了学校。宿舍的门口围了很多人，有老师，有学生。老师很委婉地跟雯儿说，现在是迎接高考的关键时刻，不可任性。雯儿站在中间像个委屈的孩子，一句话也没有说。不一会儿，雯儿的母亲很生气地冲着雯儿大喊："谈恋爱你承认不就得了。你竟然还撒谎！因为你谈恋爱，我还被叫来谈话。真是丢死人了！"雯儿的双眼瞪得大大的，看着她的母亲，像看仇人一样充满了怨恨。只听见雯儿冲着她的母亲歇斯底里地吼道："都说了我没有谈恋爱！为什么不愿意相信我？"还没有等雯儿再说什么，雯儿的母亲扬起巴掌重重地打在雯儿的脸上。雯儿抚着受伤的脸，哭着冲出了宿舍楼。

后来我们都很少见到雯儿了，好像也已习惯了忽视雯儿，习惯了她的可有可无。记得就在高考的前一个月，雯儿退学了，其中的缘由听说跟承受不住压力有关。听到消息后，我们依然认为她是一个坏女孩，觉得一切都是她咎由自取。

直到很多年后，事情经过时光的洗礼，终于呈现了它真实的样子。雯儿的亲生父母在雯儿很小的时候就因病去世了。后来，雯儿被一户人家收养了。她还有一个在外地工作的亲哥。哥哥是这个世上唯一让她感到温暖的人。孤单的雯儿常去网吧上网，在 QQ 上和她的哥哥聊天。那天来学校的那对夫妻，是雯儿的养父母，他们没有善待雯儿。

我想起开学第一天见到她的情形，她是如此需要温暖和友谊。我也想起她把自己锁在洗手间里哭泣的那个晚上，她那时，一定内心很脆弱吧？她被很多人误解在学校里谈恋爱时，身为同学的我们，有多少人愿意静下心来，去了解她、关心她呢？又有多少人愿意帮她排解她心中的烦恼与苦闷呢？没有的，包括我在内，都没有尝试走近去了解她，哪怕只是一点点。时光一晃过去快15年了，我却依旧会想起她。在原本明媚的青春里，雯儿本是需要大家去照顾、去关怀的人。而当年我们却选择了疏远她，让她一个人孤单地舔着哀伤。这，注定成为青春里的忧伤了。

找个步调一致的人过余生

结婚，如果找个步调一致的人过日子，无疑是最好的状态。相反，在婚姻生活里，双方如果步调完全相反，很可能就会分道扬镳。

云姐是我的邻居。她二十几岁的时候，疯狂迷恋上了一个叫笛子的男生。那男生家里条件不错，人看上去也实在。云姐义无反顾地主动追求笛子，他们很快就结了婚。可后来，他们在相处中产生了无数的矛盾。这时候云姐开始怀疑她当初的选择是否正确。她细细寻找问题的根源，终于找到了。

云姐是一个女强人，不管是工作还是生活，都希望做到最好。她工作上进，生活里又能兼顾家庭。特别是孩子的教育，她要求很严格，希望孩子各方面都很出色。而云姐的老公笛子，却是个安于现状的人，也是一个典型的"巨婴"。因为他的兄弟姐妹经济条件都很好，多年来一直在帮扶他，所以笛子大多数时候不思进取，得过且过。对于孩子的教育，他认为应该任由孩子自己发展。

随着他们之间无法调和的矛盾越来越多，没几年，他们的婚姻就走到了尽头。

也许有人会问，两个人三观完全不一样，怎么当初就没发现呢？我想，这大概就是一个人处于恋爱中的时候，没法理智看清对方的原因吧。

你没有办法叫醒一个装睡的人，在婚姻生活里如果你是一个上进拼搏的人，而你的另一半是一个安于现状的人，那么请相信，你们的婚姻走不远。骨子里要强的你，没有办法停下来等对方一起成长，而不肯一起努力的对方势必也就会成为婚姻危机的导火线。

世间所有的婚姻其实都讲究双方齐头并进，只有两个人行走的步伐大概一致，在前进的道路中才不会渐行渐远。

多年前，刘叔经别人介绍，与隔壁村的刘婶结婚了。刘婶很勤快，刘叔的性子又很好，极少发脾气。很多人都说，他们一定会幸福到老的。但是没有想到，他们的生活没有维持几年，就离婚了。究其原因是，努力上进的刘叔与安于现状的刘婶在生活中产生了越来越多的矛盾。

永远不要过于相信婚姻的永恒。如果对方在跑步前进，而你仍原地踏步，那就要小心了。如果你不奋力去追，结局只会是两个人的距离越来越远。

步调一致，很大程度上由三观一致决定。倘若原本三观不一致的两个人在生活里能步调一致，很大可能是一方学会了包容或者容忍。或者处于劣势的一方学会了不断进步，向对方不断靠近，以此达到两个人步调一致。

婚姻中你选择怎样的伴侣，几乎就确定了怎样的未来。每个人的事业跟家庭其实是捆绑在一起的。所以，余生请你选择跟自己步调一致的人一起生活。

爱别人之前先学会爱自己

他是我曾经喜欢过的一个男生。他不算优秀也没有什么特殊的本领，跟我心里想要的气质儒雅型相差很远，可不知为何，那时候的我偏偏对他入了迷。

那时候的我很喜欢他，到了完全不能自拔的地步，恨不得所有的东西都与他分享。当我去旅行，看到好风景，会立刻拍照分享给他。当我碰见喜欢的美食，如果他恰好也在市里，我会打包给他送过去。当我休息的时候，我为了他可以挤一个半小时的地铁，过去帮他打扫卫生。当天冷的时候，我担心他会冻着，特地给他送了围巾。当节日来临的时候，不管多忙，我总会第一时间给他送上深深的祝福。

可悲的是，不管我在他身上付出多少，他依旧对我不冷不热。而我以为是自己不够好，于是不顾一切更加努力去对他好。而他对我依然冰冷得可怕。可那时候的我，天真地以为这是他的性格导致的，却没有想到这实质上是他对我的一种抗拒。他对我长时间保持沉默，单纯的我从未走进过他的心里，我们的距离总是很遥远。

又稀里糊涂地过了一段时间，他对我仍旧是冷冷淡淡的，没有丝毫改变。这时我才真正了解到他对我冷漠的原因。原来，他觉得我爱得太卑微，低到尘埃里，爱得完全失去了自我，甚至失去了可贵的自尊。

现在想来，当时我为了心中的那份爱意，也为了让他知道我爱他，一次一次地委屈自己，不断地付出讨好，这样怎能不让他反感？为了找他聊天我常常熬夜，我连爱自己都做不到，又怎能赢得他对我的爱呢？

又经历了许多事，我终于懂得爱一个人首先得学会好好爱自己。只有足够爱自己才能赢得他人真正的爱。只有好好地爱自己，珍惜自己，那个你想拥有的人才会懂得你的那份珍贵，才会珍惜与善待你。

我感谢曾经喜欢过的男生，是他让我深深地懂得，人活一世好好爱自己的重要性。后来我真的努力这样去做了。我学会了珍爱自己。我不再为一个完全不值得付出的人不计回报地付出，我不再为一个爱的人而熬夜，我不再关心一个人到完全失去了自我，我不再为一个爱的人而活。我变得乐观，不再多愁善感。甚至，我也拥有了这世间难得的爱。

爱别人之前请先学会好好爱自己。因为只有学会了爱自己，在这个世间你才可以活得足够有底气。

那个送我明信片的男孩走了

　　我保留着一张珍贵的明信片，那是寒送给我的。他是我的同班同学。

　　那时我在班里是那么不起眼。因为我是班里最胖的女生，很少有同学跟我玩儿；因为我严重偏科，老师对我也是冷冷淡淡的。我把那个时期里的孤单、落寞全都写在了文字里。这时，寒主动向我伸出了温暖之手。他主动找我说话，跟我分享一些事情。渐渐地，我们熟悉起来。3月，万物生长的时节，他送给我一张明信片，明信片以一地生机勃勃的小草做背景，旁边留有他刚劲的字：我知道你有一个关于文字的梦想，我是说，人各有志，如果考大学走不通，我希望你可以在文字的路上坚持下去。

　　收到那张明信片的我，心里涌过说不出的温暖。到底还是有人懂我的，懂我的苦闷，更懂我心里所热爱的东西。我那孤寂的心，突然被窗外的一道光照亮了。我只觉得，满世界都充满了温暖。

他爱笑，通常还没有说话，脸上就已经悄悄绽放了开心的笑容，像一朵艳丽的花。性格开朗的他，每天都在我面前说个不停。有时候跟我说他在来学校的路上遇见的好玩的事情，我常被他逗得大笑。他也时常跟我说起他的家人——对他特别好的奶奶，说起这些的时候，他的脸上浮现出非常幸福的笑容。我以为，那是一个被命运善待的人，但他却得了白血病。

他的脸常常苍白得可怕。老师考虑到他的身体状况，不让他上体育课和劳动课。同学们知道他的病之后，对他也多了同情，可他不在乎他们的目光。他喜欢笑，喜欢讲故事，喜欢聊天，仿佛生病的事情，与他没有太大的关系。

快毕业的时候，他的身体越来越差。无奈之下，他退了学。一个周末的下午，我在校门口的书店碰见了他。他在一个卖红薯的摊位前站着，看到我，他的脸上表现出不敢相信的表情，以及意外的惊喜。我问起他的近况，他说做了几次化疗，依旧不见好转，身子也更加虚弱了。我很想安慰安慰他，没有想到，反倒是他安慰起我来："你啊，不用担心我的！我现在不是好好的嘛！我每活一天，就是赚到啦！"那时他的手、脸，比以前更苍白了。因为化疗，他整个人也像水肿一样。但他仍旧微笑着，一脸轻松的样子。我知道，他那淡定的笑容里，是对生活的很多从容与乐观。

一晃就毕业了，多年后，我们依旧保持着联系。每次问起他的近况，他那铃铛般的笑声就已经传递给我了。于是我知道他很好，悬着的一颗心也悄悄落了地。可是在不久前，我从一个同学那里知道了寒的消息。从前那个乐观、爱笑的男孩，彻底去了另外的一个世界。

今天，我的书架上仍保留着寒曾经送给我的明信片。在我们有缘相识的日子里，他就像那明信片上的一地小草，生机勃勃地、勇敢、努力、坚强地活过。寒虽然被病痛折磨，但他坚强、乐观去面对生命给他开的玩笑的态度，又让我印象深刻且无比钦佩。他对生活的热爱，对生命表现出的乐观精神，后来也深深地影响了我对人生的态度。

我很感恩，我的生命里曾经遇见那样一个男孩，是他教会了我，要乐观地活好每一天。

请你好好说话，做个善良的人

　　两年前的春天，我参加了一次高中同学的聚会。其间，发生了一件不愉快的事情。

　　因为难得一聚，大家都很珍惜。来了很多平常不容易见到的同学。取得较大成就的当数小军了。高中时，小军是一个普通的学生。毕业之后他在家人的帮助下开了一家公司，在广州有房子，也有高档轿车。

　　也许是物质上的优越，他觉得自己高高在上，看不上别人。在大家举杯畅饮闲聊之时，小军看到过得不是很好的小静，就开始表现自己的优越感。小军对小静说："听说你离婚了？现在日子肯定过得很艰难吧？别说同学之间不帮衬，去我那里，我那里招人，工资嘛好说。"

　　其实大家都了解小静的情况。她的婚姻维持了几年，就破裂了。离婚后的小静，一边照顾小孩，一边上班养家，日子过得很艰辛。

　　我记不清后来小军跟小静又说了什么，我只清晰地记得当时小静的脸白一阵，青一阵。

自从那次聚会结束后，高中同学群里的管理员就把小军踢出了群。小军不知道的是，那天小静原本是有事的，但是想着同学们好不容易才聚一次，还是赶来了。小军更不知道的是，他对小静说的那些话，伤害了同学的情谊。

在生活里，常常会有一些人想说什么就说什么，不管不顾，从不考虑听者的感受。

"良言一句三冬暖，恶语伤人六月寒"，这句话告诉我们，要尽量说有爱、温暖的语言。会说话，不但是一个人高情商的表现，还是一个人有修养的表现，更是一个人心地善良的体现。

前几天去村委会办事，办事员从见到我的那一刻起，灿烂的笑容就没有停过。我走的时候，她还非常有礼貌地跟我说："谢谢你，请慢走。"

与她告别之后，我一个人走在马路上，一颗欢喜的心几乎要跳出来了，我感受到了一种幸福，以至周边的一切都变得生动可爱起来。她也许不会想到，她的一句很平常的话，却让我感动，给我欣喜，那是来自一个陌生人的温暖。

不要让一句话毁了自己的修为，更不要为了一时痛快而说出伤害他人的话。愿我们都是懂得如何说话的人，愿我们都是善良的人。

如果结婚，希望你不是出于无奈

很多年前，我参加过一个小师妹的婚礼。原本应该非常幸福和谐的婚礼，因为她婆婆的态度，气氛变得沉重起来。

后来我才知道她婆婆不喜欢她，主要是因为小师妹未婚先孕。

小师妹最初跟她男朋友认识是通过同学介绍的，相处不久就有了爱的结晶。当小师妹把消息告诉她男朋友时，她男朋友抛给她这样的答复："要么分手，要么结婚！"小师妹听了很伤心，如果分手，那孩子怎么办呢？打掉还是生下来？打掉，小师妹是万万做不到的，她是一个仁慈的人。可生下来，又要顾及别人的眼光。

万般无奈之下，小师妹选择了跟她的男朋友结婚。但是那时候他们的感情与经济等方面，还远远支撑不起现实的婚姻。所以婚后他们的生活产生了不少矛盾与摩擦，很快就陷入了水深火热之中，仅仅几年，他们的婚姻就走到了尽头。

单纯的小师妹，以为孩子将会是她与老公感情的黏合剂。可她没有想到，她婆婆觉得她有了孩子，是迫于无奈才嫁给她儿子的，于是处处找她的碴。她的老公只是享受当时的恋爱，丝毫没有要跟她结婚的打算，所以后来加上生活中的鸡毛蒜皮，致使两人完全陷入了僵局，不懂如何包容与理解对方。

相信生活中，小师妹这样的例子不少。希望你结婚的时候，不是出于无奈，不是因为别人觉得你该结婚了而结婚。这个世间，难免有人打着疼你爱你的名义，催你结婚。作为一个成年人，你有独立的思维与精神世界，别人催，并不能成为你结婚的理由。千万不要因为他人的催婚，而仓促进入婚姻。等到婚姻经营不下去的时候，你又找借口说：这场婚姻不是我的本意，当初我还没有想要结婚。世上没有后悔药可买，当你下了决心做一件事情的时候，就要为自己的行为负责。也别因为孩子而仓促结婚。婚前如果对彼此的生活习惯、性格品行等不了解，婚后的生活只会度日如年。

如果你结婚，希望你是真的想结婚了。那是遇见了合适的人与舒服的爱，让你们走进婚姻的殿堂。只是单纯地想要与对方共度余生，而无关其他。希望你，此生可以遇见合适的人，如果暂时没有遇到也没有关系。千万别着急，给自己时间让自己变优秀，值得爱的人与会欣赏你的人，总有一天，会在人生的某个路口与你相见。

别让未来的身体，埋怨现在的自己

有一阵子，我经常头晕不适，感觉天旋地转。我放心不下，怀着忐忑的心跑去医院。果然医生的话，给了我当头一棒。医生跟我说，目前我身体出现的不适很大程度上与长时间熬夜、电子产品的辐射有关系。医生还说，如果我一直这样没有节制地任性下去，我的眼睛也会受到严重的损害。

我不记得当时是如何走出医院大门的，只觉得脚下有千斤重，无法挪开脚步。医生的话萦绕在我的耳畔。我的身体，终究为我没有节制的生活习惯与方式买了单。在很长的一段时间里，我经常熬夜到凌晨一两点，只为了看一部电视剧；我每天都沉迷在玩手机与电脑当中，我为自己荒唐的任性而感到后悔。

我想，在未来很长的时间里，我都不敢如此任性了，也不敢拿自己的健康开玩笑了。身体的一切不适其实都是有根源的，不好的生活习惯就是罪魁祸首。你的身体不会因为你的一两次胡闹而发出警报。相反，当你的毫无节制累积到一定程度的时候，你的身体就会发出警报，那时你的身体有可能已经不堪重负了。

你是否曾经跟我一样，生活毫无规律，却浑然不知，拿自己的健康去冒险。看到冰箱里的冷饮拿出来就喝，钟情于奶茶一类的饮品，常吃酸辣味等刺激性的食物。每天看电子产品，熬夜到很晚，完全忘记了时间。如果有这些不好的习惯，那就先给自己敲个警钟吧。很有可能，你的健康，因为你的任性胡闹，已经出现了这样或者那样的问题。

请别拿自己的健康开玩笑了。别等疾病真正缠上的时候，才开始后悔。生命是爸妈给的，一个人学会好好地爱惜自己的身体也是一种孝顺。

以前我总以为疾病离我们很遥远。但当我看到身边的人不幸得了癌症，年龄还很小，我才知道，疾病与意外常常不知道在哪个时间就悄然降临。同时，情绪对身体也有直接的影响，一个人长时间处于消极或者悲观之中，很有可能引起身体机能的紊乱或者病变。不要随便让一些事情影响自己的情绪，经历越来越多的事情后，你才会发现，一切都比不上情绪安稳与身体健康重要。

健康就是福，愿你一直拥有健康的身体，去做自己喜欢与值得做的事情。

第五辑　追梦之旅

与书相伴

与书相伴的日子很美好。我刚认字的时候，就养成了阅读习惯。

我的邻居是一位已经退休的教书先生。他家的小阁楼有一个落地书架，书架上摆放着各种各样的书。在山上放牛的我偶然瞧见了他书架上的那些书，不由得羡慕起来。教书先生是个善良的人，允许我们这些小孩子去他家玩。他家是村里最早拥有电视的家庭，这也吸引了不少孩子前去。可我最感兴趣的不是电视，而是那高过我头顶的书架上的书。那些书对我来说有很大的吸引力，其散发的古朴气息让小阁楼多了一些温暖。教书先生见多识广，能讲很多故事。他讲的故事往往生动有趣，令我听完一个又想继续听下一个。这时候，教书先生总会不急不慢地说："不急不急啊，只要多读书，你也可以讲很多故事的。"他这样说，无形中赋予了书架上的那些书很多魔力。那时候我就想我也要读很多书，会讲很多故事。教书先生允许我动他书架上的书。别的小孩坐在地板上看电视，我就一个人坐在旁边安静地看书。我的心往往被书里面的情节所牵引，甚至忘记了回家。最后，教书先生看出我对他书架上的那些书感兴趣，允许我带回家去看。我抱着自己挑选好的书，"咚咚"地走下小阁楼，总感觉怀里抱的不是书，而是年少时世间的欢喜。

我读初三的时候，二姐为了锻炼我的写作水平，专程从广州买了100本《小小说月刊》给我。那时候的我，虽然在学习上很用功，但是学习效果并不明显，成绩甚至排在班里靠后的位置。生性敏感的我一度很悲观失望，觉得考高中对我来说是一道跨不过去的坎儿。还好有那些书，是它们陪伴了我。我一有空就会拿出来看，它们仿佛是黑暗里的一道光，让那个时期心情有些郁闷的我，重新燃起了学习的兴趣。

高中的时候，我住校。周日的下午有半天时间是可以自由安排的。我总会轻轻一拐，走进学校门口的那家书店去看书。去书店看书的次数多了，与老板也就熟悉起来。他对每周必定去报到一次的我，总是格外照顾。最近有哪些新书到了，他总会热情地跟我说。我可以在书店里，随意地看上几个小时甚至半天。那时的我沉浸在书中的世界里，只恨不得可以天天来。所以每次都是快到上晚自修课的时间才回学校去。书店里的那些书陪我度过了许多温馨难忘的时光。现在回想起来，我的心仍旧被幸福缠绕着。

工作后，我对看书的热情有增无减。无论去哪家单位上班，我最珍视的依旧是我的那些书。也终于有了条件，可以将自己很喜欢的书买回来，一睹为快。也因为喜欢看书，我认识了很多同样喜欢看书的人。从前我认为书是自己看的，而现在我知道了，书也是可以用来分享的，可以成为连接你我之间友谊的纽带。当我收到远方朋友送来的书的时候，我会小心翼翼地拆开包装，就像珍重相互之间的那份难得的缘分一样。这时候我想的是，一本书可以把两个素不相识的人，变成熟悉的老朋友，那是何等的幸福啊！

而在今年，我很幸运地拥有了一个书房。书房很简朴，进门放一个书架，上面摆放的都是我喜欢的书。我每天会专门拿出两个小时来看书，有时候是早上，有时候是晚上。要是哪天没有看书，我心里就会感觉空落落的，仿佛少了什么。我手里捧着书，就这样与书静静地交流，温柔地对话。书带给我的，除了充实感还有快乐。也让我的心变得不那么焦虑，开始恬静一些了。

　　一本书好比一壶泡好的茶，只要你静下心来细细地品，每一杯茶里的醇香都会让你深深地陶醉。我愿意就这样守住书中的茶香味，一直到老。

第一次得稿费

虽然过去很多年，但是我依旧清楚记得第一次得到稿费时的情形。

小时候的我，就对文字格外喜欢。因此，我非常喜欢看书。当邻居家的小孩儿在外面玩泥巴的时候，我总是安安静静地在老屋里看书，沉浸在属于自己的世界中。渐渐地，我萌生了自己动笔写文章的想法。不久，一篇文章在我稚嫩的笔下诞生了。我把在学校里与实习老师依依不舍分别的情感写在了文章里。写好之后，我又细细地修改了几遍，怀着试一试的心情，把它寄给了报社。

虽然我心里很期待文章发表，但是因为是第一次尝试，所以不敢抱太大的希望。甚至不久之后，就忘记了投稿的事情。

一个月后，在一个风和日丽的日子，学生们排队回家的时候，校长拿着一张报纸站在前面讲话。那张报纸上有我发表的文章。校长的脸上挂着盈盈的笑意，他当着全校师生的面，郑重地表扬了我，说我是班里甚至学校的骄傲，因为别的小学还没有发表文章的学生。他鼓励我要继续加油，坚持。我身边的同学，也都向我投来羡慕的目光。

读小学时，家里是非常贫困的，学费不能准时交是常有的事情，因此我心里多少有些自卑。加上我本身性格偏内向，所以我在学校里很少有朋友，也总感觉在众人面前抬不起头来。而校长对我的表扬，让我那颗自卑的心一下就充满了阳光。我只觉得有说不出来的开心。那篇文章的发表，让我一下成为同学羡慕的人，成为他们学习的榜样。这带给我不少成就感，也极大地鼓舞了我，让我有了信心。

不久之后，我收到了报社寄来的稿费，一张邮政的汇款单，金额是20元。拿着那张汇款单，我的心里犹如吃了蜂蜜一样甜。我很认真地把汇款单交给父亲，让他帮我去镇上拿。父亲特地早早去了邮局，取了那笔稿费。父亲说，邮局的工作人员还调侃他，说怎么取那么少的钱。父亲并未介意工作人员的调侃，反而一脸自豪地跟她说："你不知道，那是我的闺女写文章得到的稿费呢！很不容易的！"现在我还记得，那时候的父亲跟我说这事的时候表现出来的开心。

我记得当父亲把稿费交到我手里的时候，我感觉我手里拿的不再是一笔稿费，而是一笔巨额的财富。这笔财富，让我觉得自己是世界上最富有的人。

从那时候开始，我算是喜欢上了写作，对写作的热情也一发不可收。一转眼，我已经在写作的路上坚持了多年。我保留了对看书与写作的浓厚兴趣和真诚的热爱。当我在写作的路上越来越努力，取得越来越大的进步，受到不少人鼓励的时候，我依旧不能忘记当初勇敢迈出的那一步。就是那珍贵的一步，让我拥有了第一次投稿、第一次发表文章、第一次领到稿费的难忘经历。因为有了那次尝试，我才有足够的勇气，面对后来时光里的挑战与挫折。直到现在，我依旧感恩自己当时的勇敢。事实证明，一件事一开始是良性的，后续发展也不会很差。当初的那份笃定，一转眼已经陪伴我走过很多年。

同频的灵魂终相遇

　　我从未想过，有一天因为写作，我会去一趟陕西。

　　虽然这几年，我去过不少地方旅行。但是，陕西的确是没有去过的。陕西这个地方对我而言，除了陌生更多的是好奇。好奇它是一个什么样的地方。记得读书时代，我曾经看过语文课本上写陕西的文章。但时间久远，仅有的对陕西的印象已经所剩无几。

　　7月，我们的写作课老师在咸阳举办了一期"文学与写作"的交流活动，邀请了很多作家、编辑前来讲课。听到这个消息的我，再也抑制不住内心的激动与期待，立刻报了名。坚持写作的这两年，我认识了很多不同地方的文友。但是我们都是线上联系，线下从未见过，眼前这个机会，不仅可以相互学习，还可以相互了解，增进彼此的交流与沟通，我又怎么能轻易错过呢？

　　从报名的那一刻起，我就无限憧憬出发的那一天。而本地的文友真的很热情。他们不仅很耐心地跟我讲解陕西的风土人情、美食、旅游等，考虑到我第一次去咸阳，对地域不熟悉，他们还很细致地告诉我出行的注意事项。总之，虽然身在广州，可我每一天对相聚都充满了期待。

　　盼望着，盼望着，终于到了出发的那一天。7月21日晚上，我坐上飞往咸阳的飞机，到达的时候，已经是凌晨了。想着第二天就可以见到很多志同道合的人，我更加兴奋了。7月22日，是见面的第一天。我见到了来自全国不同地方的文友们。他们有的来自福建，有的来自广西，有的来自江苏……其中一个是从内蒙古坐了14个小时火车来到现场的女生，是最令我感动与感慨的。她很小的时候就得了脑部疾病，这么多年，生活过得坎坷艰辛，可她从未放弃过心中的热爱与理想。她最喜欢的事情就是写作，写散文，写诗。在她的身上，从未见过有一丝负能量。娇小的她就像一个美丽的天使，蹦跳着出现在我眼前。她看见我，扬起明媚的笑脸问："你是可可吧？"眼前热情洋溢的她，让我很容易忽略疾病给她带来的苦难与困扰。她好像也自动屏蔽了困扰与苦难。你不坚强，谁替你坚强？她又是一个特别阳光、自信的女生，敢于在人群中表达自己的想法。我记得，几乎上每一节课，在自由提问的环节，她都敢于向老师请教问题，问文学，问写作。每次她提问的时候，我们总会向她投去赞许的目光，虽然大家都热爱文字，可她这般坚定，还是第一个，这让我们既感动，又惭愧。

　　我们的写作课老师，因为一直是线上讲课，我总以为她是一个高冷，不接地气的人。可在现场见到她，才知道她是多么的平易近人。喜欢穿旗袍的她，眉毛弯得像天上的月亮。她浅浅地笑着，就像邻家姐姐一样亲切。我们上课的时候，她在教室里帮我们拍照。下课的时候，她带我们去周边逛，也带我们去她家里玩，吃东西，没有一点架子。为了增加文友之间的互动，她跟我们玩猜字游戏，大家玩得不亦乐乎。为了锻炼大家敢于表现自己，她组织了朗诵活动。在舞台上，很多像我一样志忑的人终于克服了自己，敢在台上说话了。

令我们感动的，还有其他老师们。他们有的是作家，有的是报社、出版社的编辑。虽然他们都是资深人士，但是他们却又非常平易近人。课堂上，他们跟我们耐心讲关于写作的知识，让我们受益匪浅，让我知道，写作要保持一颗纯粹的热爱之心，不可功利，不可太急进。而光有热爱还不够，还需要不断沉淀，多阅读，多写，多改，这样才会不断地成长与进步。每次在文友提问的环节，老师们对文友们提出的问题，也总是知无不言，言无不尽，这让我们深深地感动。

一周的学习转瞬即逝，我不仅收获了许多知识，同时也在课堂之外获得了不少友谊。在有限的相处时间里，每个文友都很热情，也都很真诚，给了我不少感动。我回程的时候，有一个文友塞给我一袋青苹果，她说："广州那边没有的，带回去尝尝！"听了她的话，我的眼角突然有点湿湿的。那是感动的泪水。我回到广州，刚走出机场就收到一个文友的微信：可可，希望有缘再相见。那时我看着广州蔚蓝的天，欣然敲下几个字回复了她：一定会的。

对，一定还会相见的。因为啊，我们都有同频的灵魂。

遇见她，是一场修行

　　遇见她，是偶然，也是必然。她是一个文友的写作课老师。那个文友聊起她的时候，神情里多是钦佩与赞许。当时，我也许是好奇，所以就加了她的微信。

　　因为刚开始不熟悉，不知道彼此要聊些什么话题，加了她的微信之后，我并未与她有过任何的交流，她的微信就这样静静地在我的通信录里存了大半年时间。

　　又过了一阵子，一个人默默前行的我遇到了写作的瓶颈期。虽然我对文字有着极大的热情并坚持写作，但写的文章结构不清晰，基本功不扎实，让我在写作的路上走得很艰辛。看着与我同时期开始写作的人都有了飞跃的进步，我变得很急躁。有一天，我与她说了心中的困惑和彷徨。记得当时，她立刻就回复了信息。她跟我说，一个人要先学会走路，然后再考虑飞翔的事情。她还告诉我，真正学一门知识，首先不要怀疑自己，要有足够的信心和愉悦的心情去学习，其他一切交给时间。虽然是第一次聊天，但是她非常直接坦诚的话，让我一下就醒悟过来。我明白了写作要带着一颗完全纯粹的心去写，才不会感受到太大的压力。也要学会丢掉从前积攒的一些小窃喜、小骄傲，更要把心中的杂念放空，换一种谦虚的心态去学习才会有进步。

她的话像一盏明灯，适时出现在了我人生的某个路口。因为她，我知道了写作该往哪个方向努力。

我第一次见她，是在咸阳文学院的交流活动上。我见她的时候，她正在一楼吃早餐，听到身边的人叫我可可，她站起来，轻轻拥抱了我，并说道："远道而来，辛苦了。"她一袭旗袍，和善亲切的笑容，看上去神采奕奕。她已经出了好几本书，用自己的行动，感染与激励了许多喜欢写作的人。她的身上仿佛有使不完的劲。一周的活动时间里，她忙前忙后，可丝毫不见她脸上流露出疲惫的神情。她尽量照顾到前来参加活动的每一个学生，从酒店入住到接送，每个环节，她都很上心。我听到她几次这样说："我真的很开心，能把那么多人吸引到这个地方来学习，这证明我是有魅力的。"是啊，其实欣赏她的人哪个不是被她的魅力吸引呢？她对文学纯粹的追求，幽默的个性，还有平易近人的态度，都是她具有的独特魅力。

她是一个很容易发现学生闪光点的人。成为她的学生一年多，每当我在写作上取得了哪怕一点点进步，她都会很认真地表扬我，并鼓励我要继续坚持。从她的身上我也学习到很多，她对我的影响也是深刻的。因为遇见她，我学会了保持一颗平常心去学习，放慢节奏，不跟别人比，增加阅读的积累。也逐渐在写文章的过程中找到更多的乐趣。遇见一个引领自己前进的人是一场修行，我只愿自己接下来的努力，不辜负这世间难得的遇见。

第一次卖报纸

那是 10 多年前的事情了。

我单位附近有一家书店，环境很好。小清新的风格，里面可以免费喝咖啡。夏天有凉爽的空调，常常吸引了很多学生去那里。那时候，单位每周有一天的休息时间。我常常在休息的时候去逛书店，有时候也跟那些学生一样，在里面安静地待上一整天。

那天我照常去书店看书，等我要回去的时候，刚好碰上卖报纸的老板来书店。卖报纸的老板问书店老板，能否介绍几个想做兼职的学生，最近要卖的报纸有点多，人手不够。我走上前去问，怎么兼职。卖报纸的老板跟我说，就是从他那里领报纸去卖，卖了按份数付款。那时候我刚上班，一个月的薪水是 1200 元左右，我一直也想找份兼职，体验下生活。于是，我没有多想，就跟卖报纸的老板说，如果是付款准时的话，我愿意做这份兼职。听到我这样说，那卖报纸的老板特别震惊地跟我说：

"大妹子，你想多了，我们都是正经的生意人，怎么会付款不准时呢？"随即，他从包里拿出一份表格给我看，上面写了一些兼职学生的名字，还有付款金额。经过沟通，我跟卖报纸的老板约定，等下次我休息的时候，一早在书店等他，从他那里领报纸去卖。

那天休息的时候，我一早就去了书店。卖报纸的老板果真在书店送报纸。我从他手里领了60份报纸，开始沿路兜售。那时候的我是一个很腼腆的女生，和陌生人说话会特别紧张，或者一说话就脸红。我拎着厚厚的一沓报纸，开始犯了愁，这该怎么去卖呢，开口都很困难。我往附近的报刊亭方向走去，老板看见了，大声喊住我："大妹子，你怎么走那边！"我呆愣着，有什么不对吗？卖报纸的老板跟我说："你可真行，大妹子，报刊亭已经有报纸了，你还去那边？你没有听过同行是冤家吗？"我顿时醒悟，迅速走开了。

卖报纸的老板给我提建议："大妹子，你去公交站台那边卖，应该不错的。很多学生没有零钱坐车的，你备一些零钱，那些没有零钱的买了报纸你找给他们。"我采纳了卖报纸老板的建议，往公交站台那边去了。公交站台有几个洗车的司机看见我，说道："今天怎么你来了，之前没有见过你的。"我有点难为情地说："我是第一天来卖报纸，也不懂怎么卖。"其中一个司机说："这没什么。记住一句话，不能脸皮薄。你见到一个路人，就上前去问要不要买一份报纸。"有些事情，说起来很简单，做起来还真不是那么容易。当我见到第一个路人的时候，怯生生地跟她说："请问需要来一份报纸吗？"那个人头也不抬，直接走了，当作没有听见的样子。看着那人远去，看着手里厚厚的60份报纸，我甚至有点后悔做这份兼职了。要是当天卖不出去，那报纸的钱不是要我付了？我鼓起勇气寻找下一个意向客户。这时候，迎面走来一个年轻的女子，我问她是否来一份报纸。那女子倒好说话，跟我说她想买，可是她没有零钱。这时候，我适时补一句："我有零钱找你，你的是多少呢？"那女子买了一份

1元钱的报纸，拿了50元钱出来，我找给她钱后，开始感叹，幸亏自己听了卖报纸老板的话，准备了零钱。我卖出了第一份报纸，总算开了头，接下来感觉心里就有底了。我穿梭在各个公交站台的周围，碰见稍微慈眉善目一点的人，马上挤出笑容，礼貌上前去问："你好，来一份报纸吗？"这些人当中，有的很爽快就买了一份报纸，有的会装着没有听见一样，也有的人会很委婉地拒绝。

从早上7点奔波到9点，那60份报纸被我一份一份地卖完了。卖完的那一刻，我的心里像石头落了地，无比轻松，也充满了成就感。我按照跟卖报纸老板的约定，第二天去书店找他领钱。就这样，我从卖报纸老板那里领到了那60份报纸的提成。

后来，我还想休息的时候去卖报纸锻炼下自己，乡下的老母亲知道我卖报纸后，理解成了我过得很悲惨，说什么也不让我去了。可正因为那次卖报纸，我懂得了，其实每一分钱都是不容易得来的。也正是那次卖报纸，锻炼了我的坚忍。

小草也有春天

小草出生在冬天，乡下一片萧条的季节。她的母亲生下她后，为了以后好养活，特地给她取了一个名字：小草。又因为她的名字实在太普通了，村里的人干脆把她前面那个"小"字也省略了，直接叫"草"。

草的命很苦。她的母亲长年累月地病着，如同一朵随时要蔫的花朵，没有一点该有的神采。她的父亲在草很小的时候，就出外打工，刚开始那几年还寄钱回来，后来就音信全无。

照顾母亲的重任，一下就落到草的身上。6岁的草还那么小，瘦瘦的，营养不良的样子。可她已经开始照顾整个家了。草已经到读书的年龄了，别的小孩儿都欢天喜地赶着去学校报名。唯有草一个人，孤零零地在家里忙活。洗碗、做饭、搞卫生、割猪草，这些是草每天要干的活。另外，还得给生病的母亲煎药。

草从屋里出来，手里捧着一个沉甸甸的药罐，盖子掀开了，药渣散发出来强烈的刺激的味道，足以熏倒过路的人。路过的人会远远地递上一句话："草，你妈妈的身体好多了吧？"草听得懂那话里有关心，而更多的是同情。草很倔强，仿佛早就习惯了这样的关心，她会很客气地回一句："已经好多了。"哪里是好多了呢？只有草知道，母亲的病反反复复，根本没有好转。我在路口碰见她时，她的眼角不知何时蒙上了一层薄薄的泪水。她的眼睛大大的，仿佛汪着一个蓝天。如果没有整日病着的母亲，那一汪蓝天里，最多的应该是明媚吧？我感到了她身上淡淡的忧伤，那忧伤，让我有点心疼。谁家的孩子，不想整日在父母身边享受万般宠爱呢，可草好像跟这好运气绝缘。

草 14 岁那年，她的母亲撒手人寰。那年夏天，村里来了一对陌生的夫妻，领养了草。草离开村子去养父母家的时候，家乡树上的蝉没完没了地鸣叫，一切都是自由、快乐的样子。可草没有快乐的情绪。草临走的时候跟我说，其实她是不想离开村子的，毕竟这里有她童年的无限回忆，悲伤也好，难过也罢，这里是她一出生就结缘的地方。那天我们说了很多话，离别的情绪，一点一点在彼此的心中蔓延。我们都感觉到了落寞。可我对她更多的是祝福，希望她在新家里能够享受到家庭的温馨与幸福。

草离开后好多年，我辗转听到她的消息：养父母刚开始对她很好，但没过几年就露出了真实的面目。他们疯狂地让她干活，甚至让她早早就退了学，原本应该在学校读书的草在养父母的强压下，无力反抗，早早就嫁了人。草的夫家，经济条件并不好。婚后的草又开始为生活奔波，耙田，种地……生生活成了一个女汉子。6 月正是乡下最热的时候，她来到我们村里帮盖房子的人家扛水泥。小个子的她一手叉腰，一手扶着水泥袋，那沉重的水泥把她的腰压得像一张弓，但她的脚仿佛踩了一对风火轮，"呼呼呼"就上了楼顶。只有她知道，多扛一袋水泥就多挣一点钱。有人看到灰头土脸、狼狈的她，会打趣地问上一句："草，这样的生活，很苦吧？"她却回敬给问话人一个灿烂的笑容："日子苦多了，就不会再苦了！"问的那人原本以为，草会说一些悲观失望的话来，可草这样的回答，让他忽然有点不好意思起来。是啊，谁不想过那种岁月静好的生活呢？可像草这样，敢于面对生活苦难的人，才是最令人动容与感动的。

最近一次见到草，是在前年。草回到村里，说是来看她出生的老屋。她带着她的孩子。我心里想着，她的日子还像从前那样惨淡吗？正当我想问她的近况时，草云淡风轻地说："现在我的日子不苦了，苦的日子已经熬过去了。"我细细地打听，才知道，草的日子，确实好起来了。几年前，她幸运地得到邻居一位教书先生的帮助。那教书先生教她用电脑，并借给她很多文学作品看。她学会了用电脑开网店，专门卖家乡的一些特产。用心打理着，每个月收入已经有3000多元钱了。加上她后来学会了写文章投稿，也多了一些收入。她的日子过得舒心多了。最后，她平静地说："为了孩子总不能一辈子扛水泥，总得学点东西吧？"

多么了不起的草！不管生活如何刁难她，她仍旧保持乐观的心态去面对坎坷。草靠着顽强的意志，不断努力，让生活变得越来越好，这是她的可贵之处。

"野火烧不尽，春风吹又生。"草的生命很顽强，许多时候它看似没有参天大树的气魄，却也可以熬过寒冷的冬天，迎来新的生命。草的命运与她的名字有相似之处，她们都有自己的春天……

即使没有翅膀，也要勇敢飞翔

从公司到家总是要经过那个路口，像我这种对过马路有恐惧症的，每次走到那个路口都要驻足几分钟看看有没有车辆，确定完全安全了才过。

我就是在这个路口等车辆过去的时候碰见他的。他穿着校服，大概十一二岁吧。他背着一个大大的书包，书包看上去很重。他的左右手都挂着拐杖，我认真一看，他双腿的下半截没有了。他的左肩还挎着一把小提琴。

或许是爱心泛滥，我对他开始有了怜悯之情。我走上前去对他说："小朋友，需不需要我帮你提书包或者小提琴？"

"不用了，谢谢姐姐，我自己可以的。"他的眼睛里晃着这个时代学生该有的清澈与美好。

"每天都这样回家吗？"我继续问。

他点点头，算是默认了。

"你爸妈不担心？能放心你独自来回吗？"我又问。

他有些云淡风轻地跟我说："可以的，我都习惯了。再说了，我爸妈也要工作呀。"

等过了那个路口我们一起走，才发现他跟我同住一个小区。与他一路聊回来，我才知道他的双腿是在5岁的时候交通事故导致的。

他断断续续地跟我聊着。走到公交站台的时候，因为要上台阶，他的身子微微向前倾，双手有些艰难地拄着那拐杖，左肩挎着的小提琴因为身体不稳而不断晃动。他艰难地上台阶，脸上已经开始渗汗，我看得有点心疼："还是我帮你提书包吧，要不小提琴也行。"

他依旧很固执地婉拒了我的帮助。

他就这样一路走回来。因为等他，我也放慢了脚步。在回家的路上，不断有人向他投来好奇甚至窥探的目光，只见他若无其事地走着。我猜他有此时的淡定，肯定之前也经历了很长的心理挣扎过程。

从站台走下去的时候，他突然扬起脸跟我说："姐姐，你周末有空没有，我们班在星海音乐厅有演出，我也有演出哦。看，小提琴。"他突然晃了一下左肩上的小提琴，热情洋溢地笑着对我说。

我跟他说，如果有空，我一定会去的。他听到我这样说，显出开心的神情。

周末的时候，我因为要上班没有去看他的演出。不知道为什么，我生平第一次对一个陌生人的演出满怀期待和信心。我的脑海里浮现出他左肩上挎着的那摇晃的小提琴，还有上台阶时他脸上渗出的粒粒汗珠，面对路人好奇目光时的从容自若。我猜想，他那天的表现一定很棒吧！

直到现在，我仍旧会想起那个失去双腿的小男孩，想起他的倔强、勇敢、乐观。我对他的钦佩又多了几分。每个人都有自己的故事，而小男孩的故事让我懂得，什么是真正的坚强，什么是从容自若。人的一辈子那么长，未来的生活，他也许还会遇到这样或者那样的艰难险阻，可他拥有那份从容与淡定，我相信他的路一定走得不会太差。

别在该努力的时候选择了安逸

很久以前，我认识一位 90 后姑娘。

当时的她中专毕业，在大城市里显得平凡又普通。迷茫的她，拖着一个比她还重的行李箱来到广州。虽然她读书的时候学的是会计专业，但是因为没有实际工作经验，想找一份会计工作的她，还是被很多企业拒绝了。后来，她咬咬牙，进了一家很小的企业上班，端茶送水，打扫卫生，帮忙开票。在打杂中一点点地学习。

一年后，她成了那家企业最有经验的会计，连原先的会计都很佩服她。

她的老板对她说：一年前你什么都不懂，一年后你比谁都懂。老板的话里含着欣慰与对她的夸赞。那一刻，那个安静的姑娘笑了，笑得一脸明媚，为她自己。因为她有了更强的工作能力与学习能力，老板把她的工资翻了一番。后来，我问她："那些东西你都没有做过，老会计又不教你，你是怎么做到进步那么快的？"她淡淡地说道："其实，都是自己学的，先是打杂，打杂完了看别人怎么做，不懂就网上查询。"她说得很容易，但是我知道，这个过程包含了她多少努力。就如她所讲，她付出的努力比身边的同事多了一倍。

后来，她自学考了会计初级证、会计中级证……又后来，她跳槽去了一家外贸公司做会计，因为要经常接触外国客户，不懂英语的她，晚上又去上英语培训班。功夫不负有心人，经过不断地刻苦努力，她可以跟外国人毫无障碍地交流了。我最近一次见她，她已经是那家外贸公司的会计主管了。我笑着问她："你这样努力，不会很累吗？"她洋溢着一贯的微笑跟我讲："累啊，可是我怕自己现在不努力而选择安逸，以后就只能后悔当初太懒惰了。"

听她说完我对她更钦佩了。一个毕业没多久的姑娘，能有那么深刻的觉悟，对未来有那么深的危机感与那么强的上进心和执行力。也正因为这样，平凡而普通的她，可以从一个打杂的职场小白转变成能说一口流利英语的会计主管。其中包含了她多少努力与汗水啊！就如她所说，在别人混日子的时候，她在抓住一切机会努力学习。也难怪，她的进步与成长速度，比身边的同事快很多。虽然辛苦，可她靠自己的努力，让自己过得越来越好，活成了自己喜欢的样子，我想她是欣慰的。我知道，很多年后她还会为那个努力前行、不甘安逸的自己而欣慰和自豪的。

相反，我想起一个初中同学来。她毕业后一直待在工厂，每次碰见她的时候总是一大堆抱怨，抱怨工厂加班辛苦与残酷的制度。只是多年来对现实抱怨的她，却从未做出过任何努力与改变。我很想告诉她，假如对现实不满意或者不甘心，就要去努力。可她没有，每天除了抱怨就是可怜自己。

现代社会，时刻都在发生着变化。今天或者明天，你永远不知道世界在你面前呈现怎样的画面。为了不被这个社会淘汰，为了不丢失自我的价值感，请你别在该努力的时候选择安逸。虽然安逸的日子本身没什么过错，但是安逸的背后其实是深深的危机。不努力，也许有一天你会发现，过了很长时间安逸生活的你，完全没法适应社会了。那是因为，你在该努力的时候没有选择努力，而是选择了安逸！不要相信什么平淡的生活才是最美的言论。一个人要学会在平淡的日子里预估未来的危机，然后好好努力一把，这才不辜负人生。

别在该努力的时候选择了安逸。愿你想要的都去努力实现。

当你离优秀还很远的时候，请别把自尊看得太重

我在广州的时候，闲来无事会去市区的图书馆逛逛，看看书。我也常常看到五六岁的小朋友，在电脑前认真地搜索着自己想要的知识，他们专注的神态，令我生出许多羡慕来。而有点惭愧的是，我高中毕业了都还不会使用电脑。

我念高中的时候，学校为了增加我们的文化课时间，把电脑课取消了。仅有的一次上电脑课只学到了如何开机、关机。我工作的第二年，单位是市里的一家国企。当时的同事很多都是从全国各地的技校招来的。很多同事的年龄跟我相仿，但是因为他们读书的时候是在市区，所以他们很早就熟悉电脑怎么用了。我去了没多久，领导觉得我工作很勤快，于是想推荐我做班长。而做班长除了平常能协调班组成员的工作，还要会进行基本的电脑操作，因为要做报表。

只是单单做报表这一块就把我难倒了。要知道，那时候的我对电脑

可是一窍不通的。别人只需要 15 分钟就可以完成的报表，我却要一个小时完成，甚至还不止。更可怕的是，我做报表的时候，经常会把办公室的电脑弄死机。因此，很多同事都对我有不少的意见。记得有一次，我经过办公室门口的时候，听到一个男同事叫我的室友不要再教我做报表了，说我笨得像一头猪什么也学不会，还每次都把电脑弄死机了。

当时的我，心情真是糟糕透了。我觉得自己的自尊心受到了极大的伤害。"笨得像一头猪"，那是什么样的字眼啊，而那一刻，别人把它用在了我身上。

也许是那个男同事说我笨得像猪的话，对我的打击实在太大了。自那以后，我开始很努力地去学东西，包括学习电脑。即使学的过程中，仍旧被很多人笑话，可我仍旧坚持着。慢慢地，因为工作努力，表现出色，对电脑已经熟悉了，也懂得做账了，我做了后备出纳。又到后来，我做了出纳。

后来我想，真庆幸自己当时没有气馁。如果听到那个男同事说我笨得像猪，我就自暴自弃，不再努力去争取，我也就不可能后来做出纳了。渐渐地，当我经历了越来越多的事情才发现，职场如同战场，在什么都不懂的状态下，别人会很难时时处处兼顾你的自尊。只有当你优秀了，真正强大了，才有人会去顾及你的自尊，这样说来也许会有些无情，但现实就是如此残酷。

我常常会听到刚工作的小伙伴对职场的抱怨，抱怨公司里的老员工很凶，一副高高在上的样子。有的会说：他凭什么一副高高在上的姿态？他凭什么伤害我的自尊心？但是想想，在你什么都不会的情况下，又有谁会去在乎你的自尊心？

当你离优秀还很远的时候，别太在意别人对你的态度，也别把自尊看得太重，因为，那时真的很少有人会在乎你。

按自己的节奏，活出自己喜欢的姿态

我所生活的城市，算得上是生活节奏非常快的一个城市。每天上班的时间，你会看到无数个小青年匆匆走过的身影。男男女女，川流不息。男士穿着标准的职业装从我面前晃过。有着精致面容的女生，脚踩几厘米的高跟鞋，发出"咚咚"的响声却照样能走得飞快。他们一手拿着早餐，一手提着包，为了生活，为了工作，为了理想，活跃在这个繁华的都市。而我为了避免这样火急火燎地赶路，大多数情况下，会提前半个小时出门。提前半个小时，足够让自己对许多不确定的事情有了准备与应对。

长期以来，我早已经按自己喜欢的模式，按自己的节奏来生活了。早上 6 点我会准时起床，只要天气好，我会在家附近晨跑一个小时。然后回来冲凉，做早餐，出门，开始一天的新生活。周末我大都在家里，看书、听音乐、写文章，或者大扫除。

活在自己喜欢的节奏里，简单、愉悦、恬静，周而复始却从未觉得疲惫。我想，这大概跟人的心态有关。我早已不是那个喜欢赖床，9点上班，八点半才起床，打仗似的赶着出门、毛手毛脚的姑娘。也早已过了那个为了某人而减肥或者单纯为了好看而减肥的阶段。我晨跑，只是出于单纯的喜欢，期望锻炼出更好的体质，喜欢在早晨的第一时刻呼吸到天地间新鲜的空气，喜欢在新的光阴里感受未知的期待与美好。

随着年岁的增长，外出工作，回家的次数也越来越少。不是说不想回去，其实在我的心里，更多的是不想打乱家里两位老人的生活节奏。每次我回家后，父母总是最忙的。母亲忙着问我想吃什么菜，番薯叶生长的季节，只要听到我想吃，她便会在早上还有露水的时候起床去摘。按她的逻辑是只有早上摘回来的叶子才会鲜。父亲会在午休的时间，反复念叨着，让母亲晚上弄什么菜给我吃。甚至在我每一次出门的时候，母亲会花很长的时间帮我收拾东西。

我是他们的孩子，但是更像是远方许久未见的客人。他们的热情与耐性，说到底其实是对我绵绵不绝的爱，让我感动，也让我很感恩，但是在一定程度上也让我有了深深的愧疚感。也正因为这样，每次回家我都会产生仓促逃离的想法。

我有我的生活节奏，他们也有属于自己的节奏。他们的生活状态，很大程度上跟他们的生活节奏有关。我不愿打乱他们的生活节奏，只愿他们可以按最舒服的方式与节奏去生活，开开心心过好每一天，我也就很幸福了。

就像我终于理解了两位老人为何从来都不愿意来广州跟我们生活一样。他们不是不想享受更好的生活，而是无法适应新的生活节奏，也不舍得离开原来的生活状态。在乡下，他们可以呼吸到新鲜的空气，可以吃到自家种的青菜，下雨天不用干活儿的时候，可以找邻居聊天儿，打发无聊的时间。而这个看起来很繁华、喧闹的城市，对于他们来说，却是完全陌生的。因为年迈的他们不会说普通话，也听不懂旁人说什么，高高的楼群给他们带来的是严重的窒息感，夏天的空调，也会让他们有很多不适感。

　　每个人如若能按自己的方式、自己的节奏，活成自己喜欢的状态，那就是幸福快乐的。